紅樓夢第五十一回

薛小妹新編懷古詩　胡庸醫亂用虎狼藥

話說衆人聞得寶琴將素性所經過各省內古蹟爲題做了十首懷古絕句內隱十物皆說這自然新巧都爭着看時只見寫道是

赤壁懷古

赤壁沉埋水不流　徒留名姓載空舟
喧闐一炬悲風冷　無限英魂在內遊

交趾懷古

銅柱金城振紀綱　聲傳海外播戎羌
馬援自是功勞大　鐵笛無煩說子房

鍾山懷古

名利何曾伴女身　無端被詔出凡塵
牽連大抵難休絕　莫怨他人嘲笑頻

淮陰懷古

壯士須防惡犬欺　三齊位定蓋棺時
寄言世俗休輕鄙　一飯之恩死也知

廣陵懷古

蟬噪鴉栖轉眼過　隋堤風景近如何
只緣占盡風流號　惹得紛紛口舌多

桃葉渡懷古

衰草閒花映淺池　桃枝桃葉總分離

六朝梁棟多如許　小照空懸壁上題

青塚懷古

黑水茫茫咽不流　冰絃撥盡曲中愁

漢家制度誠堪笑　樗櫟應慚萬古羞

馬嵬懷古

寂寞脂痕漬汗光　温柔一旦付東洋

只因遺得風流跡　此日衣衾尚有香

蒲東寺懷古

小紅骨賤一身輕　私掖偷攜强撮成

雖被夫人時吊起　已經勾引彼同行

梅花觀懷古

不在梅邊在柳邊　個中誰拾畫嬋娟

團圓莫憶春香到　一別西風又一年

衆人看了都稱奇妙寶釵先說道前八首都是史鑑上有據的後二首却無考我們也不大懂得不如在做兩首為是黛玉忙攔道這寶姐姐也忒膠柱鼓琴矯揉造作了兩首雖於史鑑上無考偺們雖不曾看這些外傳不知底裡難道偺們連兩本戲也沒見過不成那三歲的孩子也知道何況偺們探春便道這

話正是了李紈又道況且他原走到這個地方的這兩件事雖無考古往今來以訛傳訛好事者竟故意的弄出這古跡來以愚人比如那年上京的時節便是關夫子的墳倒見了三四處關夫子一身事業皆是有據的如何又有許多的墳自然是後來人敬愛他生前爲人只怕從這敬愛上穿鑿出來也是有的及至看廣輿記上不止關夫子的墳多有古來有名望的人那墳就不少無考的古跡更多如今這兩首詩雖無考凡說書唱戲甚至于求的籤上都有老少男女俗語口頭人人皆知皆說的況且又並不是看了西廂記牡丹亭的詞曲怕看了邪書了這也無妨只管留着寶釵聽說方罷了大家猜了一回皆不是

的冬日天短覺得又是吃晚飯時候一齊往前頭來吃晚飯因有人回王夫人說襲人的哥哥花自芳在外頭回進來說他母親病重了想他女兒他來求恩典接襲人家去走走王夫人聽了便說人家母女一場豈有不許他去的呢一面就叫了鳳姐來告訴了命他酌量辦理鳳姐兒答應了回至屋裡便命周瑞家的去告訴襲人原故吩咐周瑞家的再將跟着出門的媳婦傳一個你們兩個人再帶兩個小丫頭子跟了襲人去分頭派四個有年紀的跟車要一輛大車你們帶着坐一輛小車給丫頭們坐周瑞家的答應了纔要去鳳姐兒又道那襲人是個省事的你告訴說我的話叫他穿幾件顏色好衣裳大大的包一包

袱衣裳拿着包袱要好好的拿手爐也拿好的臨走時叫他先到這裡來我瞧瞧周瑞家的答應去了半日果見襲人穿帶了兩個了頭和周瑞家的拿着手爐和衣包鳳姐看襲人頭上戴着幾枝金釵珠釧倒也華麗又看身上穿着桃紅百花刻絲銀鼠襖葱綠盤金彩繡綿裙外面穿着青緞灰鼠褂鳳姐笑道這三件衣裳都是老太太賞的了你倒是好的但這褂子太素了些如今穿着也冷你該穿一件大毛的襲人笑道太太就給了這件灰鼠的還有件銀鼠的說趕年下再給大毛的呢鳳姐笑道我倒有一件大毛的我嫌風毛出的不好了正要改去也罷先給你穿去罷等年下太太給你做的時節我再改罷只當你還

我的一樣衆人都笑道奶奶慣會說這話成年家大手大脚的替太太不知背地裡賠墊了多少東西真真賠的是說不出來的那裡又和太太算去偏這會子又說這小氣話取笑來了鳳姐兒笑道太太那裡想的到這些究竟這又不是正經事再不照管也是大家的體面說不得我自己吃些虧把衆人打扮體統了寧可我得個好名兒也罷了一個一個燒煳了的饅子似的人先笑話我說我當家倒把人弄出個花子來了衆人聽了都嘆說誰似奶奶這麽着聖明在上體貼太太在下又疼顧下人一面說一面只見鳳姐命平兒將昨日那件石青刻絲八團天馬皮褂子拿出來給了襲人又看包袱只得一個彈墨花綾

水紅調裡的夾包袱裡面只見包着兩件半舊綿襖合皮褂子鳳姐又命平兒把一個玉色紬裡的哆囉呢包袱拿出來又命包上一件雪褂子平兒走去拿了出來一件是半舊大紅猩猩毡的一件是半舊大紅羽緞的襲人道一件就當不起了平兒笑道你拿這猩猩毡的把這件順手帶出來叫人給那大姑娘送去昨兒那麼大雪人人都穿着不是猩猩毡就是羽緞的十來件大紅衣裳映著大雪好不齊整只有他穿着那幾件舊衣裳越發顯的拱肩縮背好不可憐見的如今把這件給他罷鳳姐笑道我的東西他私自就要給人我一個還花不彀再添上你提着更好了衆人笑道這都是奶奶素日孝敬太太疼愛下

人要是奶奶素日是小氣的收着東西爲事的不顧下人的姑娘那裡敢這麼着鳳姐笑道所以知道我的也就是他還知三分罷了說着又囑咐襲人道你媽要好了就罷要不中用了只得住下打發人來回我我再另打發人給你送鋪蓋去可別使他們的鋪蓋和梳頭的傢伙又吩咐周瑞家的道你們自然是知道這裡的規矩的也不用我吩咐了周瑞家的答應都知道我們這去到那裡總叫他們的人廻避要住下必是另要一兩間內房的說着跟了襲人出去又吩咐小厮預備燈籠遂坐車往花自芳家來不在話下這裡鳳姐又將怡紅院的嬷嬷喚了兩個來吩咐道襲人只怕不來家了你們素日知道那個大丫

頭知好歹派出來在寶玉屋裡上夜你們也好生照管着別由着寶玉胡鬧兩個嬤嬤答應着去了一時來回說派了晴雯和麝月在屋裡我們四個人原是輪流著帶管上夜的鳳姐聽了點頭又說道晚上催他早睡早上催他早起老嬤嬤們答應了自回園去一時果有周瑞家的帶了信回鳳姐說襲人之母業已停床不能回來鳳姐回明了王夫人一面着人往大觀園去取他的鋪蓋粧奩寶玉看着晴雯麝月二人打點妥當送去之後晴雯麝月皆卸罷殘粧脫換過裙襖晴雯只在薰籠上圍坐麝月笑道你今兒別粧小姐了我勸你也動一動兒晴雯道等你們都去淨了我再動不遲有你們一日我且受用一日麝月

笑道好姐姐我鋪床你把那穿衣鏡的套子放下來上頭的划子划上你的身量比我高些說着便去給寶玉鋪床晴雯嗐了一聲笑道人家纔坐煖和了你就來鬧此時寶玉正坐着納悶想襲人之母不知是死是活忽聽見晴雯如此說便自己起身出去放下鏡套划上消息進來笑道你們煖和罷我都弄完了晴雯笑道終久煖和不成我又想起來湯婆子還沒拿來呢麝月道這難爲你想著他素日又不要湯婆子咱們那薰籠上又煖和比不得那屋裡炕涼今兒可以不用寶玉笑道你們兩個都在那上頭睡了我這外邊沒個人我怪怕的一夜也睡不着晴雯道我是在這裡睡的麝月你叫他往外邊睡去說話之間天

已一更麝月早已放下簾幔移燈炷香伏侍寶玉卧下二人方
睡晴雯自在薰籠上麝月便在煖閣外邊至三更已後寶玉睡
夢之中便叫襲人叫了兩聲無人答應自已醒了方想起襲人
不在家自已也好笑起來晴雯已醒因喚麝月道連我都醒了
他守在傍邊還不知道真是挺死尸呢麝月翻身打個哈什笑
道他叫襲人與我什麽相干因問做什麽寶玉說要吃茶麝月
忙起來单穿着紅綢小綿襖兒寶玉道披了我的皮襖再去仔
細冷着麝月聽說回手便把寶玉披着起來的一件貂頦滿襟
煖襖披上下去向盆內洗洗手先倒了一鍾温水拿了大嗽盂
寶玉嗽了口然後纔向茶桶上取了茶碗先用温水過了向煖

壺中倒了半碗茶遞給寶玉吃了自已也嗽了一嗽吃了半碗
晴雯笑道好妹妹也賞我一口兒呢麝月笑道越發上臉兒了
晴雯道好妹妹明兒晚上你别動我伏侍你一夜如何麝月聽
說只得也伏侍他嗽了口倒了半碗茶給他吃了麝月笑道你
們兩個别睡說着話兒我出去走走回來晴雯笑道外頭有個
鬼等着呢寶玉道外頭自然有大月亮的我們說着話你只管
去一面說一面便嗽了兩聲麝月便開了後房門揭起氊簾一
看果然好月色晴雯等他出去便欲唬他頑耍仗着素日比别
人氣壯不畏寒冷也不披衣只穿著小襖便躡手躡脚的下了
薰籠隨後出來寶玉勸道罷呀凍着不是頑的晴雯只擺手隨

後出了屋門只見月光如水忽聽一陣微風只覺侵肌透骨不禁毛骨悚然心下自思道怪道人說熱身子不可被風吹這一冷果然利害一面正要唬他只聽寶玉在內高聲說道晴雯出來了晴雯忙回身進來笑道那裡就唬死了他了偏慣會這麼蠍蠍螫螫老婆子的樣兒寶玉笑道倒不是怕唬壞了他頭一件你凍著也不好二則他不防不免一喊倘或驚醒了別人不說咱們是頑意兒倒反說襲人纔去了一夜你們就見神見鬼的你來把我這邊的被掖掖罷晴雯聽說就上來掖了一掖伸手進去就渥一渥寶玉笑道好冷手我說看凍著一面又見晴雯兩腮如胭脂一般用手摸一摸也覺冰冷寶玉道快進被來

渥渥罷一語未了只聽咯噔的一聲門响麝月慌慌張張的笑着進來說著笑道唬我一跳好的黑影子裡山子石後頭只見一個人蹲着我纔要叫喊原來是那個大錦鷄見了人一飛飛到亮處來我纔見了要冐冐失失一嚷倒鬧起人來一面說一面洗手又笑道說晴雯出去了我怎麼沒見一定是要唬我去了寶玉笑道這不是他在這裡渥著呢我若不嚷的快可是倒唬一跳晴雯笑道也不用我唬去這小蹄子已經自驚自怪的了一面說一面仍回自己被中去麝月道你就這麼跑解馬的打扮兒伶伶俐俐的出去了不成寶玉笑道可不就是這麼出去了麝月道你死不揀好日子你出去自站一站瞧把皮不凍

破了你的說着又將火盆上的銅罩揭起拿灰鍬重將熟炭埋了一埋拈了兩塊速香放上仍舊罩了至屏後重剔亮了燈方纔睡下晴雯因方纔一冷如今又一煖不覺打了兩個噴嚏寶玉嘆道如何到底傷了風了麝月笑道他早起就嚷不受用一日也沒吃碗正經飯他這會子不說保養着些還要捉弄人明兒病了叫他自作自受寶玉問道頭上熱不熱晴雯嗽了兩聲說道不相干那裏這麽嬌嫩起來了說着只聽外間屋裡槅上的自鳴鐘噹噹的兩聲外間值宿的老嬤嬤嗽了兩聲因說道姑娘們睡罷明兒再說笑罷寶玉方悄悄的笑道咱們別說話了看又惹他們說話說着方大家睡了至次日起來晴雯果覺

有些鼻塞聲重懶怠動彈寶玉道快別聲張太太知道了又要叫你搬回家去養着家裡縱好到底冷些不如在這裡你就在裡間屋裡躺着我叫人請了大夫悄悄的從後門進來瞧瞧就是了晴雯道雖這麽說你到底要告訴大奶奶一聲兒不然一時大夫來了人問起來怎麽說呢寶玉聽了有理便喚一個老嬤嬤來吩咐道你回大奶奶去就說晴雯白冷著了些不是什麽大病襲人又不在家他若家去養病這裡更沒有人了傳一個大夫從後門悄悄的進來瞧瞧別回太太了老嬤嬤去了半日回來說大奶奶知道了說兩劑藥好了便罷若不好時還是出去為是如今的時氣不好沾染了別人事小姑娘們的身子

要緊晴雯睡在煖閣裡只管咳嗽聽了這話氣的嚷道我那裡就害瘟病了生怕招了人我離了這裡看你們這一輩子都別頭疼腦熱的說着便真要起來寶玉忙按他笑道別生氣這原是他的責任生恐太太知道了說他不過白說一句你素昔又愛生氣如今肝火自然又盛了正說時人回大夫來了寶玉便走過來躲在書架後面只見兩三個後門口的老婆子帶了一個太醫進來這裡的丫頭都迴避了有三四個老嬤嬤放下煖閣上的大紅繡幔晴雯從幔中單伸出手來那大夫見這隻手上有兩根指甲足有二三寸長尚有金鳳仙花染的通紅的痕跡便回過頭來有一個老嬤嬤忙拿了一塊絹子掩上了那大

夫方診了一回脈起身到外間向嬤嬤們說道小姐的症是外感內滯近日時氣不好竟算是個小傷寒幸虧是小姐素日飲食有限風寒也不大不過是氣血原弱偶然沾染了些吃兩劑藥疎散疎散就好了說着便又隨婆子們出去彼時李紈已遣人知會過後門上的人及各處丫鬟迴避大夫只見了園中景致並不曾見一個女子一時出了園門就在守園門的小廝們的班房內坐了開了藥方老嬤嬤道老爺且別去我們小爺囉唆恐怕還有話問那太醫忙道方纔不是小姐是位爺不成那屋子竟是綉房又是放下幔子來瞧的如何是位爺呢老嬤嬤笑道我的老爺怪道小子纔說今兒請了一位新太醫來了真

不知我們家的事那屋子是我們小哥兒的那人是屋裡的丫頭倒是個大姐那裡的小姐的綉房小姐病了你那麽容易就進去了說着拿了藥方進去寶玉看時上面有紫蘇桔梗防風荆芥等藥後面又有枳實麻黃寶玉道該死該死他拿著女孩兒們也像我們一樣的治法如何使得憑他有什麽內滯這枳實麻黃如何禁得誰請了來的快打發他去罷再請一個熟的來罷老嬤嬤道用藥好不好我們不知道如今再叫小厮去請王大夫去倒容易只是這個大夫又不是告訴總管房請的這馬錢是要給他的寶玉道給他多少婆子道少了不好看來得一兩銀子纔是我們這樣門戶的禮寶玉道王大夫來了給他

多少婆子笑道王大夫和張大夫每常來了也並没個給錢的不過每年四節一大躉兒送禮那是一定的年例這個人新來了一次須得給他一兩銀子寶玉聽說就命麝月去取銀子麝月道花大姐姐還不知擱在那裡呢寶玉道我常見著在那小螺甸櫃子裡拿銀子我和你找去說着二人來至襲人堆東西的屋內開的螺甸櫃子上一槅都是些筆墨扇子香餅各色荷包汗巾等類的東西下一槅却有幾串錢於是看了抽屜纔看見一個小笸籮內放著幾塊銀子倒也有戥子麝月便拿了一塊銀提起戥子來問寶玉那是一兩的星兒寶玉笑道你問的我有趣兒你倒成了是纔來的了麝月也笑了又要去問人寶

玉道揀那大的給他一塊就是了又不做買賣算這些做什麼麝月聽了便放下戥子揀了一塊掂了一掂笑道這一塊只怕是一兩了寧可多些好別少了叫那窮小子笑話不說咱們不認得戥子倒說咱們有心小氣似的那婆子站在門口笑道那是五兩的錠子夾了半個這一塊至少還有二兩呢這會子又沒夾剪姑娘收了這塊揀一塊小些的麝月早關了櫃子出來笑道誰又找去呢多少你拿了去就完了寶玉道你快叫焙茗再請個大夫來罷婆子接了銀子自去料理一時焙茗果請了王大夫來先胗了脉後說病症也與前頭不同方子上果然沒有枳實麻黃等藥倒有當歸陳皮白芍等藥那分兩較先也減了些寶玉喜道這纔是女孩兒們的藥雖疎散也不可太過舊年我病了却是傷寒內裡飲食停滯他瞧了還說我禁不起麻黃石膏枳實等狠虎藥我和你們就如秋天芸兒進我的那纔開的白海棠是的我禁不起的藥你們那裡經得起比如人家墳裡的大楊樹看着枝葉茂盛都是空心子的麝月笑道野墳裡只有楊樹難道就沒有松栢不成最討人嫌的是楊樹那麼大樹只一點子葉子沒一點風兒他也是亂響你偏要比他你也太下流了寶玉笑道松栢不敢比連孔夫子都說歲寒然後知松栢之後凋可知這兩件東西高雅不害臊的纔拿他混比呢說着只見老婆子取了藥來寶玉命把煎藥的銀吊子找

了出來就命在火盆上煎晴雯因說正經給他們茶房裡煎去罷咧弄的這屋裡藥氣如何使得寶玉道藥氣比一切的花香還香呢神仙採藥燒藥再者高人逸士採藥治藥最妙的一件東西這屋裡我正想各色都齊了就只少藥香如今恰全了一面說一面早命人煨上又囑咐麝月打點些東西叫個老嬷嬷去看襲人勸他少哭一一妥當方過前邊來賈母王夫人處請安吃飯正值鳳姐兒和賈母王夫人商議說天又短又冷不如以後大嫂子帶着姑娘們在園子裡吃飯等天煖和了再來跑的跑也不妨王夫人笑道這也是好主意刮風下雪倒便宜吃東西受了冷氣也不好空心走來一肚子冷氣壓上些東西也不

好不如園子後門裡頭的五間大屋子橫豎有女人們上夜的挑兩個女廚子在那裡單給他姐妹弄飯新鮮菜蔬是有分例的在總管賬房裡支了去或要錢要東西那些野雞獐狍各樣野味分些給他們就是了賈母道我也正想着呢就怕又添廚房事多些鳳姐道並不事多一樣的分例這裡添了那裡減了就便多費些事小姑娘們受了冷氣別人還可第一林妹妹如何禁得住就連寶玉兄弟也禁不住況兼眾位姑娘都不是結實身子鳳姐兒說畢未知賈母何言且聽下回分解

紅樓夢第五十一回終

紅樓夢第五十二回

俏平兒情掩蝦鬚鐲　勇晴雯病補孔雀裘

話說賈母道正是這個了上次我要說這話我見你們大事多如今又添出些事來你們固然不敢抱怨未免想着我只顧疼這些小孫子孫女兒們就不體貼你們這當家人了你既這麽說出来便好了因此時薛姨媽李嬸娘都在座邢夫人及尤氏等也都過來請安還未過去賈母因向王夫人等說道今日我纔說這話素日我不說一則怕逞了鳳了頭的臉二則衆人不服今日你們都在這裡都是經過妯娌姑嫂的還有他這麽想得到的没有薛姨媽李嬸娘尤氏齊笑說真個少有别人不過

是禮上的面情兒實在他是真疼小姑子小叔子就是老太太跟前也是真孝順賈母點頭歎道我雖疼他我又怕他太伶俐了也不是好事鳳姐兒忙笑道這話老祖宗說差了世人都說太伶俐聰明怕活不長世人都說世人都信獨老祖宗不當說不當信老祖宗只有伶俐聰明過我十倍的怎麽如今這麽福壽雙全的只怕我明兒還勝老祖宗一倍呢我活一千歲後等老祖宗歸了西我纔死呢賈母笑道衆人都死了單剩偺們兩個老妖精有什麽意思說的衆人都笑了寶玉因惦記着晴雯等事便先回園裡來到了屋中藥香滿室一人不見只有晴雯獨卧於炕上臉上燒的飛紅又摸了一摸只覺燙手忙又向爐

上將手烘煖伸進被去摸了一摸身上也是火熱因說道別人去了也罷麝月秋紋也這麽無情各自去了晴雯道秋紋是我攆了他去吃飯了麝月是方纔平兒來找他出去了兩個人鬼鬼祟祟的不知說什麽必是說我病了不出去寶玉道平兒不是那樣人況且他並不知你病特來瞧你想來一定是找麝月來說話偶然見你病了隨口說特瞧你的病這也是人情乖覺取和兒的常事便不出去又不與他何干你們素日又好斷不肯爲這無干的事傷和氣晴雯道這話也是只是疑他爲什麽忽然又瞞起我來寶玉笑道等我從後門出去到那窗戶根下聽聽說些什麽來告訴你說着果從後門出去至窗下潛聽麝月悄悄問道你怎麽就得了的平兒道那日彼時洗手時不見了二奶奶就不許吵嚷出了園子門刻就傳給園裡各處的媽媽們小心訪查我們只疑惑邢姑娘的丫頭本來又窮只怕小孩子家沒見過拿起來是有的再不料定是你們這裡的幸而二奶奶沒有在屋裡你們這裡的宋媽去了拿着這支鐲子說是小丫頭墜兒偷起來的被他看見來回二奶奶的我赶忙接了鐲子想了一想寶玉是偏在你們身上留心用意爭勝要強的那一年有個良兒偷玉剛冷了這二年閒時還常有人提起來趁願這會子又跑出一個偷金子的來了而且更偷到街坊家去了偏是他這麽着偏是他的人打嘴所以我倒忙叮嚀宋

媽千萬別告訴寶玉只當沒有這事總別和一個人提起第二件老太太太太聽了生氣三則襲人和你們也不好看所以我回二奶奶只說我往大奶奶那裡去來着誰知鐲子褪了口丟在草根底下雪深了沒看見今兒雪化盡了黃澄澄的映着日頭還在那裡呢我就揀了起來二奶奶也就信了所以我來告訴你們你們以後防着他些別使喚他到別處去等襲人回來你們商議着變個法子打發出去就完了麝月道這小娼婦也見過些東西怎麼這麼眼淺平兒道究竟這鐲子能多重原是二奶奶的說這叫做蝦鬚鐲倒是這顆珠子重了晴雯那蹄子是塊爆炭要告訴了他他是忍不住的一時氣上來或打或罵

依舊嚷出來所以單告訴你留心就是了說着便作辭而去寶玉聽了又喜又氣又嘆喜的是平兒竟能體貼自己的心氣的是墜兒小竊嘆的是墜兒那樣伶俐做出這醜事來因而回至房中把平兒之話一長一短告訴了晴雯又說他說你是個要強的如今病了聽了這話越發要添病的等好了再告訴你晴雯聽了果然氣的蛾眉倒蹙鳳眼圓睜即時就叫墜兒寶玉忙勸道這一喊出來豈不辜負了平兒待你我的心呢不如領他這個情過後打發他出去就完了晴雯道雖如此說只是這氣如何忍得住寶玉道這有什麼氣的你只養病就是了晴雯服了藥至晚間又服了二和夜間雖有些汗還未見効仍是發燒

頭疼鼻塞聲重次日王太醫又來胗視另加減湯劑雖然稍減了燒仍是頭疼寶玉便命麝月取鼻烟來給他聞些痛打幾個嚏噴就通快了麝月果真去取了一個金鑲雙金星玻璃小扁盒兒來遞給寶玉寶玉便揭開盒蓋裡面是個西洋琺瑯的黄髮赤身女子兩肋又有肉翅裡面盛着些真正上等洋烟晴雯只顧看畫兒寶玉道聞些走了氣就不好了晴雯聽說忙用指甲挑了些抽入鼻中不見怎麽便又多多挑了些抽入忽覺鼻中一股酸辣透入顖門接連打了五六個嚏噴眼淚鼻涕登時齊流晴雯忙收了盒子笑道了不得辣快拿紙来早有小丫頭子遞過一搭子細紙晴雯便一張一張的拿來醒鼻子寶玉笑

問如何晴雯笑道果然通快些只是太陽還疼寶玉笑道越發盡用西洋藥治一治只怕就好了說着便命麝月往二奶奶要說就說我說了姐姐那裡常有那西洋貼頭疼的膏子藥叫做依佛哪我尋一點兒麝月答應去了半日果然拿了半節來便去找了一塊紅緞子角兒鉸了兩塊指頂大的圓式將那藥烤和了用簪挺攤上晴雯自拿著一面靶兒鏡子貼在兩太陽上麝月笑道病的篷頭鬼一樣如今貼了這個倒俏皮了二奶奶貼慣了倒不大顯說畢又向寶玉道二奶奶說了明兒是舅老爺的生日太太說了叫你去呢明兒穿什麽衣裳今兒晚上好打點齊備了省的明兒早起費手寶玉道什麽順手就是什麽

罷了一年鬧生日也鬧不清說着便起身出房往惜春屋裡去看畫兒剛到院門外邊忽見寶琴小丫頭名小螺的從那邊過去寶玉忙趕上問那裡去小螺笑道我們二位姑娘都在林姑娘屋裡呢我如今也往那裡去寶玉聽了轉步也便和他往瀟湘館來不但寶釵姐妹在此且連岫煙也在那裡四人團坐在薰籠上叙家常紫鵑倒坐在煖閣裡臨窗戶做針線一見他來都笑說又來了一個沒了你的坐處了寶玉笑道好一副冬閨集艷圖可惜我遲來了橫竪這屋子比各屋子煖這椅子坐着並不冷說着便坐在黛玉常坐的地方上搭着灰鼠椅搭一張椅上因見煖閣之中有一玉石条盆裡面攢三聚五栽着一盆单瓣水仙寶玉便極口讚道好花這屋子越煖這花香的越濃

怎麽昨兒沒見黛玉笑道這是你家的大總管賴大奶奶送薛二姑娘的兩盆水仙兩盆臘梅他送了我一盆水仙送了雲丫頭一盆臘梅我原不要的又恐辜負了他的心你若要我轉送你如何寶玉道我屋裡却有兩盆只是不及這個琴妹妹送你的如何又轉送人這個斷斷使不得黛玉道我一日藥吊子不離火我竟是藥培着呢那裡還擱的住花香來薰越發弱了况且這屋子裡一股藥香反把這花香攪壞了不如你抬了去這花兒倒清凈了沒什麽雜味來攪他寶玉笑道我屋裡今兒也有個病人煎藥呢你怎麽知道的寶玉笑道這話奇了我原是

無心話誰知你屋裡的事你不早來聽古記兒這會子來了白鷔自怪的寶玉笑道咱們明兒下一社又有了題目了就咏水仙臘梅黛玉聽了笑道罷罷再不敢做詩了做一回罰一回沒的怪羞的說着便兩手握起臉來寶玉笑道何苦來又打趣我做什麽我還不怕臊呢你倒握起臉來了寶釵因笑道下次我邀一社四個詩題四個詞題每人四首詩四個詞頭一個詩題咏太極圖限一先的韻五言排律要把一先的韻都用盡了一個不許剩寶琴笑道這一說可知是姐姐不是眞心起社了這分明是難人要論起來也强扭的出來不過顛來倒去弄些易經上的話生塡究竟有何趣味我八歲的時節跟我父親到西

海沿上買洋貨誰知有個眞眞國的女孩子纔十五歲那臉面就和那西洋畫上的美人一樣也披着黃頭髮打着聯垂滿頭帶着都是瑪瑙珊瑚猫兒眼祖母身上穿着綠金絲織的鎖子甲洋錦襖袖帶着倭刀也是鑲金嵌寶的實在畫兒上也沒他那麽好看有人說他通中國的詩書會講五經能做詩塡詞因此我父親央煩了一位通官煩他寫了一張字就寫他做的詩衆人都稱道奇異寶玉忙笑道好妹妹你拿出來我們瞧瞧寶琴笑道在南京收着呢此時那裡去取寶玉聽了大失所望便說沒福得見這世面黛玉笑拉寶琴道你別哄我們我知道你這一來你的這些東西未必放在家裡自然都是要帶上來的

這會子又扯謊說沒帶來他們雖信我是不信的寶琴便紅了臉低頭微微笑不答寶釵笑道偏這顰兒慣說這些話你就伶俐的太過了黛玉笑道帶了來就給我們見識見識也罷了寶釵笑道箱子籠子一大堆還沒理清呢知道在那個裏頭呢等過日子收拾清了找出來大家再看罷了又向寶琴道你要記得何不念念我們聽聽寶琴答道記得他做的五言律一首要論外國的女子也就難為他了寶釵道你且別念等我把雲兒叫了來也叫他聽聽說着便叫小螺來吩咐道你到我那裏去就說我們這裏有一個外國的美人來了做的好詩請你這詩瘋子來瞧去再把我們詩獃子也帶來小螺笑着去了半日只聽湘雲笑問那一個外國的美人來了一頭說一頭走和香菱來了眾人笑道人未見形先已聞聲寶琴等讓坐遂把方纔的話重告訴了一遍湘雲笑道快念來聽聽寶琴因念道

昨夜朱樓夢　今宵水國吟

島雲蒸大海　嵐氣接叢林

月本無今古　情緣自淺深

漢南春歷歷　焉得不關心

眾人聽了都道難為他竟比我們中國人還強一語未了只見麝月走來說太太打發了人來告訴二爺明兒一早往舅舅那裏去就說太太身上不大好不得親身來寶玉忙站起來答應

道些因問寶釵寶琴你們二位可去寶釵道我們不去昨兒單送了禮去了大家說了一回方散寶玉因讓諸姐妹先行自巳在後面黛玉便又叫住他問道襲人到底多早晚回來寶玉道自然等送了殯纔來呢黛玉還有話說又不能出口出了一回神便說道你去罷寶玉也覺心裡有許多話只是口裡不知要說什麼想了一想也笑道明日再說罷一面下臺揩低頭正欲邁步復又忙回身問道如今夜越發長了你一夜咳嗽幾次醒幾遍黛玉道昨兒夜裡好了只咳嗽兩遍郤只睡了四更一個更次就再不能睡了寶玉又笑道正是有何要緊的話這會子纔想起來一面說一面便挨近身來悄悄道我想寶姐姐送你

的燕窩一語未了只見趙姨娘走進來瞧黛玉問姑娘這幾天可好了黛玉便知他從探春處來從門前過順路的人情忙陪笑讓坐說難得姨娘想著怪冷的親自走來又忙命倒茶一面又使眼色給寶玉寶玉會意便走了出來正值吃晚飯時見了王夫人又囑咐他早去寶玉回來看晴雯吃了藥此夕寶玉便不命晴雯挪出煖閣來自己便在晴雯外邊又命將薰籠抬至煖閣前麝月便在薰籠上睡一宿無話至次日天未明晴雯便叫醒麝月道你也該醒了只是睡不彀你出去叫人給他預備茶水我叫醒他就是了麝月忙披衣起來道偺們叫他起來穿好衣裳抬過這火箱去再叫他們進來老嬷嬷們已經說過不

叫他在這屋裡怕過了病氣如今他們見偺們擠在一處又該嘮叨了晴雯道我也是這麼說二人纔叫時寶玉已醒了忙起身披衣麝月先叫進小丫頭子來收什妥了纔命秋紋等進來一同伏侍寶玉梳洗已畢麝月道天又陰陰的只怕下雪穿一套氊子的罷寶玉點頭即時換了衣裳小丫頭便用小茶盤捧了一蓋碗建蓮紅棗湯來寶玉喝了兩口麝月又捧過一小碟法製紫薑來寶玉噙了一塊又囑咐了晴雯便往賈母處來賈母猶未起來知道寶玉出門便開了屋門命寶玉進去寶玉見賈母身後寶琴面向裡睡著未醒賈母見寶玉身上穿着荔支色哆囉呢的箭袖大紅猩猩毡盤金彩綉石青妝緞沿邊的

排穗褂賈母道下雪呢麼寶玉道天陰着還沒下呢賈母便命鴛鴦來把昨兒那一件孔雀毛的氅衣給他罷鴛鴦答應走去果取了一件來寶玉看時金翠輝煌碧彩閃灼又不似寶琴所披之鳧靨裘只聽賈母笑道這叫做雀金泥這是俄羅斯國拿孔雀毛拈了線織的前兒那件野鴨子的給了你小妹妹這件給你罷寶玉磕了一個頭便披在身上賈母笑道你先給你娘瞧瞧去再去寶玉答應了便出來只見鴛鴦站在地下揉眼睛因自那日鴛鴦發誓絕婚之後他總不合寶玉說話寶玉正自日夜不安此時見他又要迴避寶玉便上來笑道好姐姐你瞧瞧我穿着這個好不好鴛鴦一摔手便進賈母屋裡來了寶玉

只得到了王夫人屋裡給王夫人看了然後又回至園中給晴雯麝月看過來回覆賈母說太太看了只說可惜了的叫我仔細穿別遭塌了賈母道就剩了這一件你遭塌了也再沒了這會子特給你做這個也是沒有的事說着又囑咐不許多吃酒早些回來寶玉應了幾個是老嬤嬤跟至廳上只見寶玉的奶兄李貴王榮和張若錦趙亦華錢昇周瑞六個人帶着焙茗伴鶴鋤藥掃紅四個小厮背着衣包拿着坐褥籠着一匹雕鞍彩轡的白馬已伺候多時了老嬤嬤又囑咐他們些話六個人連應了幾個是忙捧鞍墜鐙寶玉慢慢的上了馬李貴王榮籠着嚼環錢昇周瑞二人在前引導張若錦趙亦華在兩邊緊貼寶玉身後寶玉在馬上笑道周哥錢哥偺們打這角門走罷省了到老爺的書房門口又下來周瑞側身笑道老爺不在書房裡天天鎖着爺可以不用下來罷了寶玉笑道雖鎖着也要下來的錢昇李貴都笑道爺說的是就托懶不下來倘或遇見賴大爺林二爺雖不好說爺也要勸兩句所有的不是都派在我們身上又說我們不教給爺禮了周瑞錢昇便一直出角門來正說話時頂頭見賴大進來寶玉忙籠住馬意欲下來賴大忙上來抱住腿寶玉便在鐙上站起來笑着攜手說了幾句話接着又見個小厮帶着二三十人拿着掃箒簸箕進來見了寶玉都順墻垂手立住獨為首的小厮打了個千兒說請爺安寶玉不

知名姓只微笑點點頭兒馬已過去那人方帶人去了于是出了角門外有李貴等六人的小厮並幾個馬夫早預備下十來匹馬專候一出角門李貴等各上馬前引一陣煙去了不在話下這裡晴雯吃了藥仍不見病退急的亂罵大夫說只會哄人的錢一劑好藥也不給人吃麝月笑勸他道你太性急了俗語說病來如山倒病去如抽絲又不是老君的仙丹那有這麼靈藥你只靜養幾天自然就好了你越急越着手晴雯又罵小丫頭子們那裡鑽沙去了瞅著我病了都大膽子走了明兒我好了一個個的纔揭了你們的皮唬的小丫頭子定兒忙進來問姑娘做什麼晴雯道別人都死了就剩了你不成說着只見墜

兒也蹭進來了晴雯道你瞧瞧這小蹄子不問他還不來呢這裡又放月錢了又散菓子了你該跑在頭裡了你往前些我是老虎吃了你墜兒只得往前湊了幾步晴雯便冷不防欠身一把將他的手抓住向枕邊拿起一丈青來向他手上亂戳又罵道要這爪子做什麼拈不動針拿不動線只會偷嘴吃眼皮子又淺爪子又輕打嘴現世的不如戳爛了墜兒疼的亂喊麝月忙拉開按着晴雯躺下道你纔出了汗又作死等你好了要打多少打不得這會子鬧什麼晴雯便命人叫宋嬤嬤進來說道寶二爺纔告訴了我叫我告訴你們墜兒很懶寶二爺當面使他他撥嘴兒不動連襲人使他他也背地裡罵今兒務必打發

他出去明兒寶二爺親自回太太就是了宋嬤嬤聽了心下便知鐲子事發因笑道雖如此說也等花姑娘回來知道了再打發他晴雯道寶二爺今兒千叮嚀萬囑咐的什麽花姑娘草姑娘的我們自然有道理你只依我的話快叫他家的人來領他出去麝月道這也罷了早也是去晚也是去早帶了去早清淨一日宋嬤嬤聽了只得出去喚了他母親來打點了他的東西又見了晴雯等說道姑娘們怎麽了你姪女兒不好你們教導他怎麽攆出去也到底給我們留個臉兒晴雯道這話只等寶玉來問他與我們無干那媳婦冷笑道我有胆子問他去他那一件事不是聽姑娘們的調停他縱依了姑娘們不依也未必

中用比如方纔說話雖背地裡姑娘就直叫他的名字在姑娘們就使得在我們就成了野人了晴雯聽說越發急紅了臉說道我叫了他的名字了你在老太太跟前告我去說我野也攆出我去麝月道嫂子你只管帶了人出去有話再說這個地方豈有你叫喊講禮的你見誰和我們講過禮別說嫂子你就是賴大奶奶林大娘也得擔待我們三分就是叫名字從小兒直到如今都是老太太吩咐過的你們也知道的恐怕難養活巴巴的寫了他的小名兒各處貼着叫萬人叫去為的是好養活連挑水挑糞花子都叫得何況我們連昨兒林大娘叫了一聲爺老太太還說呢此是一件二則我們這些人常回老太

太太太的話去可不叫着名回話難道也稱爺那一日不把寶玉兩字叫二百遍偏嫂子又來挑這個了過一天嫂子閑了在老太太太太跟前聽聽我們當着面兒叫他就知道了嫂子原也不得在老太太太太跟前當些體統差使成年家只在三門外頭混怪不得不知道我們裡頭的規矩這裡不是嫂子久站的再一會不用我們說話就有人來問你了有什麼分証的話且帶了他去你回了林大娘叫他來找二爺說話家裡上千的人他也跑來我也跑來我們認人問姓還認不清呢說着便叫小丫頭子拿了擦地的布來擦地那媳婦聽了無言可對亦不敢久站堵氣帶了墜兒就走宋嬤嬤忙道怪道你這嫂子不知

規矩你女兒在屋裡一場臨去時也給姑娘們磕個頭沒有別的謝禮他們也不希罕不過磕個頭盡心罷咧怎麼說走就走墜兒聽了只得番身進來給他兩個磕頭又找秋紋等他們也並不採他那媳婦嗐聲嘆氣口不敢言抱恨而去晴雯方纔又閃了風著了氣反覺更不好了番騰至掌燈剛安靜了些只見寶玉回來進門就嗐聲頓腳麝月忙問原故寶玉道今兒老太太喜喜歡歡的給了這件褂子誰知不防後襟子上燒了一塊幸而天晚了老太太太太都不理論一面脫下來麝月瞧時果然有指頂大的燒眼說道這必定是手爐裡的火迸上了這不值什麼赶着叫人悄悄拿出去叫個能幹織補匠人織上就是了

說着就用包袱包了叫了一個嬤嬤送出去說趕天亮就有纔好千萬別給老太太太太知道婆子去了半日仍就拿回來說不但織補匠能幹裁縫綉匠並做女工的問了都不認的這是什麽都不敢攬麝月道這怎麽好呢明兒不穿也罷了寶玉道明兒是正日子老太太太太說了還叫穿過這個去呢偏頭一日就燒了豈不掃興晴雯聽了半日忍不住翻身說道拿來我瞧瞧罷沒個福氣穿就罷了說着便遞給晴雯又移過燈來細瞧了一瞧晴雯道這是孔雀金線的如今咱們也拿孔雀金線就像界線似的界密了只怕還可混的過去麝月笑道孔雀線現成的但這裏除你還有誰會界線晴雯道說不的我掙命罷

了寶玉忙道這如何使得纔好了些如何做得活晴雯道不用你蝎蝎螫螫的我自知道一面說一面坐起來挽了一挽頭髮披了衣裳只覺頭重身輕滿眼金星亂迸實實掌不住待不做又怕寶玉着急少不得狠命咬牙捱着便命麝月只幫着拈線晴雯先拿了一根比一比笑道這雖不狠像要補上也不狠顯寶玉道這就狠好那裏又找俄羅斯國的裁縫去晴雯先將裏子拆開用茶盃口大小一個竹弓釘綳在背面再將破口四邊用金刀刮的散鬆鬆的然後用針縫了兩條分出經緯亦如界線之法先界出地子來後依本紋回來織補補兩針又看看織補不上三五針便伏在枕上歇一會寶玉在傍一時又問吃些

滚水不吃一時又命歇一歇一時又拿一件灰鼠斗篷替他披在背上一時又拿個枕頭給他靠著急的晴雯央道小祖宗你只管睡罷再熬上半夜明兒眼睛摳摟了那恰怎麽好寶玉見他着急只得胡亂睡下仍睡不着一時只聽自鳴鐘已敲了四下剛剛補完又用小牙刷慢慢的剔出毯毛來麝月道這就很好要不留心再看不出的寶玉忙要了瞧瞧笑說真真一樣了晴雯已嗽了幾聲好容易補完了說了一聲補雖補了到底不像我也再不能了噯喲了一聲就身不由主睡下了要知端的且看下回分解

紅樓夢第五十二回終

寧國府除夕祭宗祠　榮國府元宵開夜宴

話說寶玉見晴雯將雀裘補完已使得力盡神危忙命小丫頭子來替他搥着彼此搥打了一會歇下沒一頓飯的工夫天已大亮且不出門只叫快請大夫一時王大夫來了胗了脉疑惑說道昨日已好了些今日如何反虛浮微縮起來敢是吃多了飲食不然就是勞了神思外感却倒輕了這汗後失調養非同小可一面說一面出去開了藥方進來寶玉看時已將疏散驅邪諸藥減去倒添了茯苓地黃當歸等益神養血之劑寶玉一面忙命人煎去一面嘆說道這怎麽處倘或有個好歹都是我的

罪孽晴雯睡在枕上嗐道好二爺你幹你的去罷那裡就得了勞病了呢寶玉無奈只得去了至下半天說身上不好就回來了晴雯此症雖重幸虧他素昔是個使力不使心的人再者素昔飲食清淡飢飽無傷的這賈宅中的秘法無論上下只略有些傷風咳嗽總以淨餓為主次則服藥調養故於前一日病時就餓了兩三天又謹慎服藥調養如今雖勞碌了些又加倍培養了幾日便漸漸的好了近日園中姐妹皆各在房中吃飯炊爨飲食甚便寶玉自能要湯要羮調停不必細說襲人送母殯後業已回來麝月便將墜兒一事並晴雯攆逐出去也曾回過寶玉等語一一的告訴襲人襲人也沒說別的只說太性急了

只因李紈亦因時氣感冒邢夫人正害火眼迎春岫烟皆過去
朝夕侍藥李紈之嬸又接了李嬸娘李紋李綺家去住幾天寶
玉又見襲人常常思母含悲晴雯又未大愈因此詩社一事皆
未有人作興便空了幾社當下已是臘月離年日近王夫人和
鳳姐兒治辦年事王子騰陞了九省都檢點賈雨村補授了大
司馬協理軍機參贊朝政不題且說賈珍那邊開了宗祠着人
打掃收什供器請神主又打掃上屋以備懸供遺真影像此時
榮寧二府內外上下皆是忙忙碌碌這日寧府中尤氏正起來
同賈蓉之妻打點送賈母這邊的針線禮物正值丫頭捧了一
茶盤押歲錁子進來回說興兒回奶奶前兒那一包碎金子共

是一百五十三兩六錢七分裏頭成色不等總傾了二百二十
個錁子說着遞上去尤氏看了一看只見也有梅花式的也有
海棠式的也有筆定如意的也有八寶聯春的尤氏命收拾起
來與兒將銀錁子快快叫交了進來了環答應去了一時賈珍
進來吃飯賈蓉之妻廻避了賈珍因問尤氏偺們春祭的恩賞
可領了不曾尤氏道今兒我打發蓉兒關去了賈珍道偺們家
雖不等這幾兩銀子使多少是皇上天恩早關了來給那邊老
太太送過去置辦祖宗的供上領皇上的恩下則是托祖宗的
福偺們那怕用一萬銀子供祖宗到底不如這個有體面又是
沾恩錫福除偺們這麼一二家之外那些世襲窮官兒家要不

仗着這銀子拿什麽上供過年真正皇恩浩蕩想得週到尤氏道正是這話二人正說着只見人回哥兒來了賈珍便命叫他進來只見賈蓉捧了一個小黃布口袋進來賈珍道怎麽去了這一日賈蓉陪笑回說今兒不在禮部關領了又在光祿寺庫上因又到了光祿寺纔領下來了光祿寺老爺們都說問父親好多日不見都着實想念賈珍笑道他們那裡是想我這又到了年下了不是想我的東西就是想我的戲酒了一面說一面瞧那黃布口袋上有封條就是皇恩永錫四個大字那一邊又有禮部祠祭司的印記一行小字道是寧國公賈演榮國公賈法恩賜永遠春祭賞共二分淨折銀若干兩某年月日龍禁尉候補侍衛賈蓉當堂領訖值年寺丞某人下面一個硃筆花押賈珍看了吃過飯盥漱畢換了靴帽命賈蓉捧著銀子跟了來回過賈母王夫人又至這邊回過賈赦邢夫人方回家去取出銀子命將口袋向宗祠大爐內焚了又　賈蓉道你去問問你那邊二嬸娘正月裡請吃年酒的日子擬了沒有若擬定了叫書房裡明白開了單子來咱們再請時就不能重複了舊年不留神重了幾家人家不說咱們不留心倒像兩家商議定了送虛情怕費事的一樣賈蓉忙答應去了一時拿了請人吃年酒的日期單子來了賈珍看了命交給賴昇去看了請人別重了這上頭的日子因在廳上看着小廝們抬圍屏擦抹几案金銀

供器只見小廝手裡拿着一個禀帖並一篇賬目回說黑山村烏庄頭來了賈珍道這個老砍頭的今兒纔來賈蓉接過禀帖和賬目忙展開捧着賈珍倒背着兩手向賈蓉手內看去那紅禀上寫着門下庄頭烏進孝叩請爺奶奶萬福金安並公子小姐金安新春大喜大福榮貴平安加官進祿萬事如意賈珍笑道庄家人有些意思賈蓉也忙笑道别看文法只取個吉利兒罷一面忙展開單子看時只見上面寫着大鹿三十隻獐子五十隻麅子五十隻暹猪二十個湯猪二十個龍猪二十個野猪二十個家臘猪二十個野羊二十個青羊二十個家湯羊二十個家風羊二十個鱘鰉魚二百個各色雜魚二百觔活鷄鴨鵝各二百隻風鷄鴨鵝二百隻野鷄野猫各二百對熊掌二十對鹿筋二十觔海參五十觔鹿舌五十條牛舌五十條蟶乾二十觔榛松桃杏瓤各二口袋大對蝦五十對乾蝦二百觔銀霜炭上等選用一千觔中等二千觔柴炭三萬觔御田胭脂米二担碧糯五十斛白糯五十斛粉杭五十斛雜色粱穀各五十斛下用常米一千担各色乾菜一車外賣粱穀牲口各項折銀二千五百兩外門下孝敬哥兒頑意兒活鹿兩對白兎四對黑兎四對活錦鷄兩對西洋鴨兩對賈珍看完說帶進他來一時只見烏進孝進來只在院內磕頭請安賈珍命人拉起他來笑說你還硬朗烏進孝笑道不瞞爺說小的們走慣了不來也悶的慌

他們可都不是願意來見見天子脚下世面他們到底年輕怕路上有閃失再過幾年就可以放心了賈珍道你走了幾日烏進孝道回爺的話今年雪大外頭都是四五尺深的雪前日忽然一暖一化路上竟難走的狠耽擱了幾日雖走了一個月零兩日日子有限怕爺心焦可不赶著來了賈珍道我說呢怎麽今兒纔來我纔看那單子上今年你這老貨又來打擂臺來了烏進孝忙進前兩步回道回爺說今年年成寔在不好從三月下雨接連着直到八月竟沒有一連晴過五六日九月一塲碗大的雹子方近二三百里地方連人帶房並牲口粮食打傷了上千上萬的所以纔這樣小的並不敢說謊賈珍皺眉道我算

定你至少也有五千銀子来這够做什麽的如今你們一共只剩了八九個庄子今年倒有兩處報了旱潦你們又打擂臺真真是叫别過年了烏進孝道爺的這地方還筭好呢我兄弟離我那裡只一百多地竟又大差了他現管着那府八處庄地比爺這邊多着幾倍今年也是這些東西不過二三千兩銀子也是有饑荒打呢賈珍道正是呢我這邊到可已沒什麽外項大事不過是一年的費用我受用些就費些我受些委曲就省些再者年例送人請人我把臉皮厚些也就完了比不得那府裡這幾年添了許多花錢的事一定不可免是要花的却又不添些銀子産業這一二年裡賠了許多不和你們要找誰去烏進

孝笑道那府裡如今雖添了事有去有來娘娘和萬歲爺豈不賞呢賈珍聽了笑向賈蓉等道你們聽聽他說的可笑不可笑賈蓉等忙笑道你們山坳海沿子上的人那裡知道這道理娘娘難道把皇上的庫給我們不成他心裡總有這心他不能作主豈有不賞之禮按時按節不過是些彩緞古董頑意兒就是賞也不過一百兩金子纔值一千多兩銀子彀什麼這二年那一年不賠出幾千兩銀子來頭一年省親連蓋花園子我算算那一注花了多少就知道了再二年再省一回親只怕就精窮了賈珍笑道所以他們庄客老實人外明不知裡暗的事黃柏木作了磬搥子外頭體面裡頭苦賈蓉又說又笑向賈珍道果

真那府裡窮了前兒我聽見二嬸娘和鴛鴦悄悄商議要偷老太太的東西去當銀子呢賈珍笑道那又是鳳姑娘的鬼那裡就窮到如此他必定是見去路太了實在賠得狠了不知又要省那一項的錢先設出這法子來使人知道說窮到如此了我心裡却有個算盤還不至此田地說着便命人帶了烏進孝出去好生待他不在話下這裡賈珍吩咐將方纔各物留出供祖宗的來將各樣取了些命賈蓉送過榮府裡來然後自己留了家中所用的餘者派出等第一分一分的堆在月臺底下命人將族中子姪喚來分給他們接着榮國府也送了許多供祖之物及給賈珍之物賈珍看著收拾完備供器靸着鞋披著一件

猞猁猻大皮袄命人在廳柱下石堦上太陽中鋪了一個大狼皮褥子負暄閒看各子弟們來領取年物因見賈芹亦來領物賈珍叫他過來說道你做什麽也來了誰叫你來的賈芹垂手回說聽見大爺這裡叫我們領東西我沒等人去就來了賈珍道我這東西原是給你那些閒著無事沒進益的叔叔兄弟們的那二年你閒著我也給過你的你如今在那府裡管事家廟裡管和尚道士們一月又有你的分例外這些和尚的分例銀錢都從你手裡過你還來取這個來太也貪了你自己瞧瞧你穿的可像個手裡使錢辦事的先前的說沒進益如今又怎麽了比先倒不像了賈芹道我家裡原人口多費用大賈珍冷笑道你又支吾我你在家廟裡幹的事打諒我不知道呢你到那裡自然是爺了沒人敢抗違你你手裡又有了錢離著我們又遠你就爲王稱覇起來夜夜招聚匪類賭錢養老婆小子這會子花得這個形像你還敢領東西來領不成東西領一頓駝水棍去纔罷等過了年我必和你二叔說你回來賈芹紅了臉不敢答言人回北府王爺送了對聯荷包來了賈珍聽說忙命賈蓉出去款待只說我不在家賈蓉去了這裡賈珍攆走賈芹看着領完東西回房與尤氏吃畢晚飯一宿無話至次日更忙不必細說已到了臘月二十九日了各色齊供兩府中都換了門神聯對掛牌新油了桃符煥然一新寧國府從大門儀門大廳

煖閣內廳內三門內儀門並內垂門直到正堂一路正門大開兩邊皆下一色硃紅大高燭點的兩條金龍一般次日由賈母有封誥者皆按品級着朝服先坐八人大轎帶領衆人進宮朝賀行禮領宴畢回來便到寧府煖閣下轎諸子弟有未隨入朝者皆在寧府門前排班伺候然後引入宗祠且說寶琴是初次進賈祠觀看一面細細留神打諒這宗祠原來寧府西邊另一個院子黑油柵欄內五間大門上面懸一匾寫著是賈氏宗祠四個字傍書特晉爵太傅前翰林掌院事王希獻書兩邊有一副長聯寫道

肝腦塗地兆姓賴保育之恩

功名貫天百代仰蒸嘗之盛

也是王太傅所書進入院中白石甬路兩邊皆是蒼松翠栢月臺上鼎設着古銅彝等器抱廈前面懸一塊九龍金匾寫道

星輝輔弼

乃先皇御筆兩邊一副對聯寫道是

勳業有光昭日月

功名無間及兒孫

也是御筆五間正殿前懸一塊鬧龍填青匾寫道是

愼終追遠

傍邊一副對聯寫道是

已後兒孫承福德
至今黎庶念寧榮
俱是御筆裡邊燈燭輝煌錦幛繡幙雖列著些神主却看不真只見賈府人分了昭穆排班立定賈敬主祭賈赦陪祭賈珍獻爵賈璉賈琮獻帛寶玉捧香賈菖賈菱展拜墊守焚池青衣樂奏三獻爵興拜畢焚帛奠酒禮畢樂止退出衆人圍隨賈母至正堂上影前錦帳高掛彩屏張護香燭輝煌上面正房中懸著榮寧二祖遺像皆是披蟒腰玉兩邊還有幾軸列祖遺像賈荇賈芷等從內儀門挨次站列直到正堂廊下檻外方是賈敬賈赦檻內是各女眷衆家人小廝皆在儀門之外每一道菜至傳

至儀門賈荇賈芷等便接了按次傳至堦下賈敬手中賈蓉係長房長孫獨他隨女眷在檻裡每賈敬捧菜至傳於賈蓉賈蓉便傳於他媳婦又傳於鳳姐尤氏諸人直傳至供棹前方傳與王夫人王夫人傳與賈母賈母方捧放在棹上邢夫人在供棹之西東向立同賈母供放直至將菜飯湯點酒茶傳完賈蓉方退出去歸入賈芹階位之首當時凡從文旁之名者賈敬為首下則從玉者貴珍為首再下從草頭者賈蓉為首左昭右穆男東女西俟賈母拈香下拜衆人方一齊跪下將五間大廳三間抱廈內外廊簷堦上堦下兩丹墀內花團錦簇塞的無一些空地鴉雀無聞只聽鏗鏘叮噹金鈴玉珮微微搖曳之聲並起跪

靴履颯沓之響一時禮畢賈敬賈赦等便忙退出至榮府專候
與賈母行禮尤氏上房地下鋪滿紅氈當地放着象鼻三足泥
鰍流金琺瑯大火盆正面炕上鋪着新猩紅氈子設着大紅彩
繡雲龍捧壽的靠背引枕坐褥外另有黑狐皮的袱子搭在上
面大白狐皮坐褥請賈母上去坐了兩邊又鋪皮褥請賈母一
輩的兩三位妯娌坐了這邊橫頭排插之後小炕上也鋪了皮
褥讓邢夫人等坐下地下兩面相對十二張雕漆椅上都是一
色灰鼠椅搭小褥每一張椅下一個大銅脚爐讓寶琴等姐妹
坐尤氏用茶盤親捧茶與賈母賈蓉媳婦捧與衆老祖母然後
尤氏又捧與邢夫人等賈蓉媳婦又捧與衆姐妹鳳姐李紈等

只在地下伺候茶畢邢夫人等便先起身來侍賈母吃茶賈母
與老妯娌們閒話了兩三句便命看轎鳳姐兒忙上去攙起
來尤氏笑回說已經預備下老太太的晚飯每年都不肯賞些
體面用過晚飯再過去果然我們就不濟鳳丫頭了鳳姐兒攙
着賈母笑道老祖宗走罷咱們家去吃去别理他賈母笑道你
這裡供着祖宗忙得什麼兒是的那裡還擱的住我鬧况且我
每年不吃你們也要送去的不如還送了來我吃不了留着明
兒再吃豈不多吃些說的衆人都笑了又吩咐他好生派妥當
人夜裡坐着看香火不是大意得的尤氏答應了一面走出來
至煖閣前尤氏等閃過屏風小廝們纔領轎夫請了轎出大門

尤氏亦隨邢夫人等回至榮府這裡轎出大門這一條街上東
一邊設立着寧國公的儀仗執事樂器來往行人皆屏退不從
此過一時來至榮府也是大門正門一直開到裡頭如今便不
在煖閣下轎了過了大廳轉彎向西至賈母這邊正廳上下轎
衆人圍隨同至賈母正堂中間亦是錦裀繡屏煥然一新當地
火盆內焚着松柏香百合草賈母歸了坐老嬤嬤來回老太太
們來行禮賈母忙起身要迎只見兩三個老妯娌已進來了大
家挽手笑了一回讓了一回吃茶去後賈母只送至內儀門就
回來歸了正坐賈敬賈赦等領了諸子弟進來賈母笑道一年
家難為你們不行禮罷一面男一起女一起一起一起俱行過

了禮左右設下交椅然後又按長幼挨次歸坐受禮兩府男女
小廝丫嬛亦按差役上中下行禮畢然後散了押歲錢並荷包
金銀錁等物擺上合歡宴來男東女西歸坐獻屠蘇酒合歡湯
吉祥菓如意糕畢賈母起身進內間更衣衆人方各散出那晚
各處佛堂灶王前焚香上供王夫人正房院內設着天地紙馬
香供大觀園正門上挑着角燈兩傍高照各處皆有路燈上下
人等打扮的花團錦簇一夜人聲雜沓語笑喧塡爆竹起火絡
繹不絕至次日五鼓賈母等人按品上粧擺全副執事進宮朝
賀兼祝元春千秋領宴回來又至寧府祭過列祖方回來受禮
畢便换衣歇息所有賀節來的親友一槩不會只和薛姨媽李

嬸娘二人說話隨便或和寶玉寶釵等姐妹趕圍棋摸牌作戲王夫人和鳳姐天天忙着請人吃年酒那邊廳上和院內皆是戲酒親友絡繹不絕一連忙了七八天纔完了早又元宵將近寧榮二府皆張燈結彩十一日是賈赦請賈母等次日賈珍又請賈母王夫人和鳳姐兒也連日被人請去吃年酒不能勝記至十五這一晚上賈母便在大花廳上命擺幾席酒定一班小戲滿挂各色花燈帶領榮寧二府各子侄孫男孫媳等家宴賈敬素不飲酒茹葷因此不去請他十七日祀祖已完他就出城修養就是這幾天在家也只靜室默處一槩無聞不在話下賈赦領了賈母之賞告辭而去賈母知他在此不便也隨他去了

賈赦到家中和衆門客賞燈吃酒笙歌聒耳錦繡盈眸其取樂與這裡不同這裡賈母花廳上擺了十來席酒每席傍邊設一几几上設爐瓶三事焚香御賜百合宮香又有八寸來長四五寸寬二三寸高點綴着山石的小盆景俱是新鮮花卉又有小洋漆茶盤放着舊窰十錦小茶盃又有紫檀雕嵌的大紗透繡花草詩字的纓絡各色舊窰小瓶中都點綴着歲寒三友玉棠富貴等鮮花上面兩席是李嬸娘薛姨媽坐東邊单設一席乃是雕夔龍護屏矮足短榻靠背引枕皮褥俱全榻上設一個輕巧洋漆描金小几几上放着茶碗漱盂洋巾之類又有一個眼鏡匣子賈母歪在榻上和衆人說笑一回又取眼鏡向戲臺上

照一回又說怨我老了骨頭疼容我放肆些歪着相陪能又命琥珀坐在榻上拿着美人拳捶腿榻下並不擺席面只一張高几設着高架纓絡花瓶香爐等物外另設一小高桌擺着杯在傍邊一席命寶琴湘雲黛玉寶玉四人坐着每饌菓菜來先捧給賈母看喜則留在小桌上嚐嚐仍撤了放在席上只算他四人跟着賈母坐下面方是邢夫人王夫人之位下邊便是尤氏李紈鳳姐賈蓉的媳婦西邊便是寶釵李紋李綺岫烟迎春姐妹等兩邊大梁上掛著聯三聚五玻璃彩穗燈每席前豎着倒垂荷葉一柄柄上有彩燭插着這荷葉乃是洋鏨珐瑯活信可以扭轉向外將燈影逼住照着看戲分外真切窗槅門戶一齊

摘下全掛彩穗各種宮燈廊簷內外及兩邊遊廊罩棚將羊角玻璃戳紗料絲或繡或畫或絹或紙諸燈掛滿廊上幾席就是賈珍賈璉賈環賈琮賈蓉賈芹賈芸賈菖賈菱等賈母也曾差人去請衆族中男女奈他們有年老的懶于熱鬧有家內沒有人又有疾病淹留要來竟不能來有一等妒富愧貧不肯來的更有憎畏鳳姐之爲人賭氣不來的更有羞手羞脚不慣見人不敢來的因此族中雖外女眷來者不過賈藍之母婁氏帶了賈藍來男人只有賈芹賈芸賈菖賈菱四個現在鳳姐麾下辦事的來了當下人雖不全在家庭小宴也算熱鬧的當下又有林之孝的媳婦帶了六個媳婦抬了三張炕桌每一張上搭着

一條紅毡放着選净一般大新出局的銅錢大用紅繩串穿著每二人搭一張共三張林之孝家的叫將那兩張擺至薛姨媽李嬸娘的席下將一張送至賈母榻下賈母便說放在當地罷這媳婦素知規矩放下棹子一並將錢都打開將紅繩抽去堆在桌上此時唱的西樓會正是這齣將完于叔夜賭氣去了那文豹便發科渾道你賭氣去了恰好今日正月十五榮國府裡老祖宗家宴待我騎了這馬赶進去討些菓子吃是要緊的說畢引得賈母等都笑了薛姨媽等都說好個鬼頭孩子可憐見的鳳姐便說這孩子纔九歲了賈母笑說難爲他說得巧說了一個賞字早有三個媳婦已經手下預備下小笸籮聽見一個

賞字走上去將棹上散堆錢每人撮了一笸籮走出來向戲臺說老祖宗姨太太親家太太賞文豹買菓子吃的說畢向臺上一撒只聽豁啷啷滿臺的錢响賈珍賈璉已命小厮們抬大笸籮的錢預備未知怎生賞去且聽下回分解

紅樓夢第五十三回終

紅樓夢第五十四回終

史太君破陳腐舊套　王熙鳳效戲彩斑衣

却說賈珍賈璉暗暗預備下大笸籮的錢聽見賈母說賞忙命小厮們快撒錢只聽滿臺錢响賈母大悅二人遂起身小厮們忙將一把新煖銀壺捧來遞與賈璉手內隨了賈珍趍至裡面賈珍先到李嬸娘席上躬身取下杯來回身賈璉忙斟了一盞然後便至薛姨媽席上也斟了二人忙起來笑說二位爺請坐着罷了何必多禮於是除邢王二夫人滿席都離了席也俱垂手傍站賈珍等至賈母榻前因榻矮二人便屈膝跪了賈珍在前捧盃賈璉在後捧壺雖衹二人捧酒那賈琮弟兄等却都是

一溜排班隨着他二人進來見他二人跪下都一溜跪下寶玉也忙跪下湘雲悄推他笑道你這會子又帮着跑下做什麽有這麽著的呢你也去斟一廵酒豈不好寶玉悄笑道再等一會再斟去說著等他二人斟完起來又給邢王夫人斟過了賈珍笑說妹妹們怎麽著呢賈母等都說道你們去罷他們倒便宜些呢賈珍等方退出當下天有二鼓戲演的是八義觀燈八齣正在熱鬧之際寶玉因下席往外走賈母問往那裡去外頭炮張利害留神天上吊下火紙來燒着寶玉笑回說不往遠去只出去就來賈母命婆子們好生跟着要是寶玉出來只有麝月秋紋幾個小丫頭隨著賈母因說襲人怎麽不見他如今也有

些拿大了单支使小女孩兒出來王夫人忙起身笑說道他媽前日殁了因有熱孝不便前頭來賈母點頭又笑道跟主子却講不起這孝與不孝要是他還跟我難道這會子也不在這裡這些竟成了例了鳳姐兒忙過來笑回道今晚便没孝那園子裡頭也須得看着燈燭花爆最是擔險的這裡一唱戲園子裡的誰不來偷瞧瞧他還細心各處照看況且這一散後寶兄弟回去睡覺各色都是齊全的若他再來了衆人又不經心散了回去鋪蓋也是冷的茶水也不齊全便各色都不便宜自然我叫他不用來老祖宗要叫他來他就叫他就是了賈母聽了這話忙說你這話狠是你必想的週到快别叫他了但只他媽幾時没了我怎麽不知道鳳姐兒笑道前兒襲人去親自回老太太的怎麽倒忘了賈母想了一想笑道想起來了我的記性竟平常了衆人都笑說老太太那裡記得這些事賈母因又嘆道我想着他從小兒伏侍我一場又伏侍了雲兒末後給了一個魔王給他魔了這好幾年他又不是偺們家根生土長的奴才没受過偺們什麽大恩典他娘没了我想着要給他幾兩銀子發送他娘也就忘了鳳姐兒道前兒太太賞了他四十兩銀子就是了賈母聽說點頭道這還罷了正好前兒鴛鴦的娘也死了我想他老子娘都在南邊我也没叫他家去守孝如今他兩處全禮何不叫他二人一處作伴去又命婆子拿些菓子菜饌點心

之類和他二人吃去琥珀笑道還等這會子他早就去了說着大家又吃酒看戲且說寶玉一逕來至園中衆婆子見他回房便不跟去只坐在園門裡茶房裡烤火和管茶的女人偷空飲酒鬭牌寶玉至院中雖是燈光燦爛却無人聲麝月道他們都睡了不成偺們悄悄進去嚇他們一跳也是大家躡手躡脚潛踪進鏡壁去一看只見襲人和一個人對歪在地炕上那一頭有兩個老嬷嬷打盹寶玉只當他兩個睡着了纔要進去忽聽鴛鴦嘆了一聲說道天下事可知難定論理你单身在這裡父母在外頭每年他們東去西來沒個定準想來你是再不能送終的了偏生今年就死在這裡你倒出去送了終襲人道正是

我也想不到能彀看着父母殯殮回了太太又賞了四十兩銀子這倒也筭養我一塲我也不敢妄想了寶玉聽了忙轉身悄向麝月等道誰知他也來了我這一進去他又賭氣走了不如偺們回去罷讓他兩個清清凈凈的說話襲人正在那裡悶着幸他來的好說着仍悄悄出來寶玉便走過山石後去站着撩衣麝月秋紋皆站住背過臉去口内笑說蹲下再解小衣留神風吹了肚子後面兩個小丫頭那裡小解忙先出去茶房内預備水去了這裡寶玉剛過來只見兩個媳婦迎面來了又問是誰秋紋道寶玉在這裡呢大呼小叫留神嚇着罷那媳婦們忙笑道我們不知大節下來惹禍了姑娘們可連日辛苦了說着

已到跟前麝月等問手裡拿著什麼媳婦道外頭唱的是八義沒唱混元盒那裡又跑出金花娘娘來了寶玉命揭起來我瞧瞧秋紋麝秋忙上去將兩個盒子揭開兩個媳婦忙蹲下身子寶玉看了兩個盒內都是席上所有的上等菓品茶點點了一點頭就走麝月等忙胡亂擲了盒蓋跟上來寶玉笑道這兩個女人倒和氣會說話他們天天乏了倒說你們連日辛苦倒不是那矜功自代的麝月道這兩個就好那不知理的是太太知理寶玉道你們是明白人擔待他們是粗夯可憐的人就完了一面說一面就走出了園門那幾個婆子雖吃酒鬪牌却不住出來打探見寶玉出來也都跟上來到了花廳廊上只見那兩

個小丫頭一個捧著個小盆又一個搭著手巾又拿著漚子小壺兒在那裡久等秋紋先忙伸手向盆內試了試說道你越大越粗心了那裡弄得這冷水小丫頭笑道姑娘瞧瞧這個天我怕水冷到底是滾水這還冷了正說著可巧見一個老婆子提著一壺滾水走來小丫頭就說好奶奶過來給我倒上些水那婆子道姐姐這是老太太沏茶的勸你去舀罷那裡說走大了脚呢秋紋道不管你是誰的你不給我管把老太太的茶吊子倒了洗手那婆子回頭見了秋紋忙提起壺來倒了些秋紋道夠了你這麼大年紀也沒見識誰不知是老太太的要不著的就敢要了婆子笑道我眼花了沒認出這姑娘來寶玉洗了手

那小丫頭子拿小壺兒倒了漚子在他手內寶玉洗了手秋紋麝月也趁熱水洗了一回跟進寶玉來寶玉便要了一壺煖酒也從李嬸娘斟起他二人也笑讓坐賈母便說他小人家卽讓他斟去大家到要乾過這盃說着便自巳乾了邢王二夫人也忙乾了薛姨媽李嬸娘也只得乾了賈母又命寶玉道你連姐姐妹妹的一齊斟上不許亂斟都要叫他乾了寶玉聽說答應着一一按次斟上了至黛玉前偏他不飲拿起盃來放在寶玉唇邊寶玉一氣飲乾黛玉笑說多謝寶玉替他斟上一盃鳳姐兒便笑道寶玉別喝冷酒仔細手顫明兒寫不的字拉不的弓寶玉道沒有吃冷酒鳳姐兒笑道我知道沒有不過白囑咐你

然後寶玉將裡面斟完只除賈蓉之妻是命丫鬟們斟的復出至廊下又給賈珍等斟了坐了一回方進來仍歸舊坐一時上湯之後又接著獻元宵賈母便命將戲暫歇小孩子們可憐見的也給他們些滾湯熱菜的吃了再唱又命將各樣菓子元宵等物拿些給他們吃一時歇了戲便有婆子帶了兩個門下常走的女先兒進來放了兩張杌子在那一邊賈母命他們坐了將絃子琵琶遞過去賈母便問李薛二人聽什麼書他二人都回說不拘什麼都好賈母便問近來可又添些什麼新書兩個女先回說倒有一段新書是殘唐五代的故事賈母問是何名女先兒回說這叫做鳳求鸞賈母道這個名字倒好不知因什

麼起的先說大槩你若好再說女先兒道這書上乃是說殘唐之時那一位鄉紳本是金陵人氏名喚王忠曾做兩朝宰輔如今告老還家膝下只有一位公子名喚王熙鳳衆人聽了笑將起來賈母笑道這不重了我們鳳丫頭了媳婦忙上去推他說是二奶奶的名字少混說賈母道你只管說罷女先兒忙笑着站起來說我們該死了不知是奶奶的諱鳳姐兒笑道怕什麼你說罷重名重姓的多着呢女先兒又說道那年王老爺打發了王公子上京赶考那日遇了大雨到了一個庄子上避雨誰知這庄上也有位鄉紳姓李與王老爺是世交便留下這公子住在書房裡這李鄉紳膝下無兒只有一位千金小姐這小姐

芳名叫做雛鸞琴棋書畫無所不通賈母忙道怪道叫做鳳求鸞不用說了我已經猜着了自然是王熙鳳要求這雛鸞小姐爲妻了女先兒笑道老祖宗原來聽過這回書衆人都道老太太什麼沒聽見過就是沒聽見也猜着了賈母笑道這些書就是一套子左不過是些佳人才子最沒趣兒把人家女兒說的這麼壞還說是佳人編的連影兒也沒有了開口都是鄉紳門第父親不是尚書就是宰相一個小姐必是愛如珍寶這小姐必是通文知禮無所不曉竟是絕代佳人只見了一個清俊男人不管是親是友想起他的終身大事來父母也忘了書也忘了鬼不成鬼賊不成賊那一點兒像個佳人就是滿腹文章做

出這樣事來也筭不得是佳人了比如一個男人家滿腹的文章去做賊難道那王法看他是個才子就不入賊情一案了不成可知那編書的是自已堵自已的嘴再者既說是世宦書香大家子的小姐又知禮讀書連夫人都知書識禮的就是告老還家自然奶媽子丫頭伏侍小姐的人也不少怎麽這些書上凡有這樣的事就只小姐和緊跟的一個丫頭知道你們想想那些人都是管做什麽的可是前言不答後語了不是衆人聽了都笑說老太太這一說是謊都批出來了賈母笑道有個原故編這樣書的人有一等妒人家富貴的或者有求不遂心所以編出來遭塌人家再有一等人他自已看了這些書看邪了

想着得一個佳人纔好所以編出來取樂兒他何常知道那世宦讀書人家兒的道理別說那書上那些大家子如今眼下拿着偺們這中等人家說起也沒那樣的事別叫他謅掉了下巴膀子罷所以我們從不許說這些書連丫頭們也不懂這些話這幾年我老了他們姐兒們住的遠我偶然悶了說幾句聽聽他們一來就忙着止住了李薛二人都笑說這正是大家子的規矩連我們家也沒有這些雜話叫孩子們聽見鳳姐兒走上來斟酒笑道罷罷酒冷了老祖宗喝一口潤潤嗓子再掰謊罷這一回就叫做掰謊記就出在本朝本地本年本月本日本時老祖宗一張口難說兩家話花開兩朶各表一枝是真是謊且

不表再整觀燈看戲的人老祖宗且讓這二位親戚吃盃酒看兩齣戲着再從逐朝話言掰起如何一面說一面斟酒一面笑未說完眾人俱已笑倒了兩個女先兒也笑個不住都說奶奶好剛口奶奶要一說書真連我們吃飯的地方都沒了薛姨媽笑道你少興頭些外頭有人比不得往常鳳姐兒笑道外頭只有一位珍大哥哥我們還是論哥哥妹妹從小兒一處淘氣淘了這麼大這幾年因做了親我如今立了多少規矩了便不是從小兒兄妹只論大伯子小嬸兒那二十四孝上斑衣戲彩他們不能來戲彩引老祖宗笑一笑我這裡好容易引的老祖宗笑一笑多吃了一點東西大家喜歡都該謝我纔是難道反笑

我不成賈母笑道可是這兩日我竟沒有痛痛的笑一場倒是虧他纔一路說笑的我這裡痛快了些我再吃一鍾酒吃着酒又命寶玉來敬你姐姐一杯鳳姐兒笑道不用他敬我討老祖宗的壽罷說着便將賈母的杯拿起來將半盃剩酒吃了將盃遞與丫鬟另將溫水浸的盃換一個上來於是各席上的都撤去另將溫酒浸着的代換斟了新酒上來然後歸坐女先兒回說老祖宗不聽這書或者彈一套曲子聽聽罷賈母道你們兩個對一套將軍令罷二人聽說忙合絃按調撥弄起來賈母因問天有幾更了眾婆子忙回三更了賈母道怪道寒浸浸的起來早有眾丫鬟拿了添換的衣裳送來王夫人起身陪笑說道老

太太不如挪進煖閣裡地炕上倒也罷了道二位親戚也不是外人我們陪著就是了賈母聽說笑道旣這樣說不如大家都挪進去豈不煖和王夫人道恐裡頭坐不下賈母道我有道理如今也不用這些棹子只用兩三張逬起來大家坐在一處擠著又親熱又煖和衆人都道這纔有趣兒說着便起了席衆媳婦們撤去殘席裡面真順逬了三張大棹又添換了菓饌擺好賈母便說都別拘禮聽我分派你們就坐纔好說着便讓薛李正面上坐自巳西向坐了叫寶琴黛玉湘雲三人皆緊依左右坐下向寶玉說你挨着你太太于是邢夫人王夫人之中夾着寶玉寶釵等姐妹在西邊挨次下去便是婁氏帶着賈藍尤氏

李紈夾着賈蘭下面橫頭是賈蓉媳婦胡氏賈母便說珍哥帶著你兄弟們去罷我也就睡了賈珍等忙答應又都進來聽吩咐賈母道快去罷不用進來纔坐好了又都起來你快歇著罷明兒還有大事呢賈珍忙答應了又笑道留下蓉兒斟酒纔是賈母笑道正是忘了他賈珍應了一個是便轉身帶領賈璉等出來二人自是歡喜便命人將賈琮賈璜各自送回家去便約了賈璉去追歡買笑不在話下這裡賈母笑道我正想着雖然這些人取樂必得重孫一對雙全的在席上纔好蓉兒這可全了蓉兒和你媳婦坐在一處倒也團圓了因有家人媳婦呈上戲單賈母笑道我們娘兒們正說得興頭又要吵起來況且那

孩子們熬夜怪冷的也罷且叫他們歇歇把咱們的女孩子們叫他來就在這台上唱兩齣也給他們瞧瞧媳婦子們聽了答應出來忙的一面着人往大觀園去傳人一面二門口去傳小厮們伺候小厮們忙至戲房將班中所有大人一槩帶出只留下小孩子們一時梨香院的教習帶了文官等十二人從遊廊角門出來婆子們抱着幾個軟包因不及抬箱料着賈母愛聽的三五齣戲的彩衣包了來婆子們帶了文官等進去見過只垂手站着賈母笑道大正月裡你師父也不放你們出來逛逛你們如今唱什麼纔剛八齣八義鬧的我頭疼咱們清淡些好你瞧瞧薛姨太太這李親家太太都是有戲的人家不知聽過多少好戲的這些姑娘們都比咱們家的姑娘見過好戲聽過好曲子如今這小戲子又是那有名頑戲的人家的班子雖是小孩子却比大班子還强咱們好歹别落了褒貶少不得弄個新樣兒的叫芳官唱一齣尋夢只用簫和笙笛餘者一槩不用文官笑道老祖宗說的是我們的戲自然不能入姨太太和親家太太姑娘們的眼不過聽我們一個發脫口齒再聽個喉嚨罷了賈母笑道正是這話了李嬸娘薛姨媽喜的笑道好個靈透孩子你也跟着老太太打趣我們賈母笑道我們這原是隨便的頑意兒又不出去做買賣所以竟不大合時說着又叫葵官唱一齣惠明下書也不用抹臉只用這兩齣叫他們二位

太太聽個助意兒罷了若省了一點兒力我可不依文官等聽了出來忙去扮演上臺先是尋夢次是下書衆人鴉雀無聞薛姨媽笑道實在戲也看過幾百班從沒見過只用簫管的賈母道也有只是像方纔西樓楚江晴一隻多有小生吹簫合的這合大套的實在少這也在人講究罷了這算什麼出奇又指著湘雲道我像他這麼大的時候兒他爺爺有一班小戲偏有一個彈琴的湊了西廂記的聽琴玉簪記的琴挑續琵琶的胡笳十八拍竟成了真的了比這個更如何衆人都道那更難得了賈母於是叫過媳婦們來吩咐文官等叫他們吹彈一套燈月圓媳婦們領命而去當下賈蓉夫妻二人捧酒一巡鳳姐兒因

賈母十分高興便笑道趁着女先兒們在這裡不如偺們傳梅行一套春喜上眉梢的令如何賈母笑道這是個好令正對時景兒忙命人取了黑漆銅釘花腔令鼓來給女先兒擊着席上取了一枝紅梅賈母笑道到了誰手裡住了鼓吃一杯也要說些什麼纔好鳳姐兒笑道依我說誰像老祖宗要什麼有什麼呢我們這不會的不沒意思嗎怎麼能雅俗共賞纔好不如誰住了誰說個笑話兒罷衆人聽了都知道他素日善說笑話兒肚內有無限的新鮮趣令今見如此說不但在席的諸人喜歡連地下伏侍的老小人等無不歡喜那小丫頭子們都忙去找姐姐叫妹妹的告訴他們快來聽二奶奶又說笑話兒了衆

了頭子們便擠了一屋子于是戲完樂罷賈母將些湯細點菓給文官等吃去便命响鼓那女先兒們都是慣熟的或緊或慢或如殘漏之滴或如迸豆之急或如驚馬之馳或如疾電之光忽然暗其鼓聲那梅方纔至賈母手中鼓聲恰住大家哈哈大笑賈蓉忙上來斟了一杯衆人都笑道自然老太太先喜了我們纔托賴些喜賈母笑道這酒也罷了只是這笑話兒倒有些難說衆人都說老太太的比鳳姑娘說的還好賞一個我們也笑一笑賈母笑道並沒有新鮮招笑兒的少不得老臉皮厚的說一個罷因說道一家子養了十個兒子娶了十房媳婦兒惟有第十房媳婦兒聰明伶俐心巧嘴乖公婆最疼成日家說那九個不孝順這九個媳婦兒委屈便商議說偺們九個心裡孝順只是不像那小蹄子兒嘴巧所以公公婆婆只說他好這委屈向誰訴去有主意的說道偺們明兒到閻王廟去燒香和閻王爺說去問他一問叫我們托生爲人怎麽单单給那小蹄子兒一張乖嘴我們都入了夯嘴裡頭那八個聽了都喜歡說這個主意不錯第二日便都往閻王廟裡來燒香九個都在供桌底下睡着了九個魂專等閻王駕到左等不來右等也不到正着急只見孫行者駕着觔斗雲來了看見九個魂便要拿金箍棒打來唬得九個魂忙跪下央求孫行者問起原故來九個人忙細細的告訴了他孫行者聽了把脚一跺歎了一口氣道這

原故幸虧遇見我等着閻王來了他也不得知道八個人聽了
就求說大聖發個慈悲我們就好了孫行者笑道那也不難那
日你們妯娌十個托生時可巧我到閻王那裡去因爲撒了一
泡尿在地下你那個小嬸兒便吃了你們如今要伶俐嘴乖有
的是尿再撒泡你們吃就是了說畢大家都笑起來鳳姐兒笑
道好的呀幸而我們都是夯嘴夯腮的不然也就吃了猴兒尿
了尤氏婁氏都笑向李紈道偺們這裡頭誰是吃過猴兒尿的
別裝没事人兒薛姨媽笑道笑話兒在對景就發笑說着又擊
起鼓來小丫頭子們只要聽鳳姐兒的笑話便悄悄的和女先
兒說明以咳嗽爲記須臾傳至兩遍剛到了鳳姐兒手裡小丫

頭子們故意咳嗽女先兒便住了衆人齊笑道這可拿住他了
快吃了酒說一個好的罷別太鬪人笑的腸子疼鳳姐兒想一
想笑道一家子也是過正月節合家賞燈吃酒真真的熱鬧非
常祖婆婆太婆婆婆婆媳婦孫子媳婦重孫子媳婦親孫子姪
孫子重孫子灰孫子滴里搭拉的孫子孫女兒外孫女兒姨表
孫女兒姑表孫女兒嗳喲喲真好熱鬧衆人聽他說着已經笑
了都說聽這數貧嘴的又不知要編派那一個呢尤氏笑道你
要招我我可撕你的嘴鳳姐兒起身拍手笑道人家這裡費力
你們緊著混我就不說了賈母笑道你說你的底下怎麽樣鳳
姐兒想了一想笑道底下就團團的坐了一屋子吃了一夜酒

就散了衆人見他正言厲色的說了也都再無有別話怔怔的還等往下說只覺他冰冷無味的就住了湘雲看了他半日鳳姐兒笑道再說一個過正月節的幾個人拿著房子大的炮張往城外放去引了上萬的人跟着瞧去有一個性急的人等不得就偷着拿香點着了只見噗哧的一聲衆人閧然一笑都散了這抬炮張的人抱怨賣炮張的捍的不結實沒等放就散了湘雲道難道本人沒聽見鳳姐兒道本人原是個聾子衆人聽說想了一回不覺失聲都大笑起來又想著先前那個沒完的問他道先那一個到底怎麼樣也該說完了鳳姐兒將棹子一拍道好囉唆到了第二日是十六日年也完了節也完了我看

人忙着收東西還鬧不清那裡還知道底下的事了衆人聽說復又笑起鳳姐兒笑道外頭已經四更多了依我說老祖宗也乏了偺們也該聾子放炮張散了罷尤氏等用絹子握著嘴笑的半仰後合指他說道這個東西真會數貧嘴賈母笑道真真這鳳丫頭越發鍊貧了一面說一面吩咐道他提起炮張來偺們也把烟火放了解解酒賈蓉聽了忙出去帶着小厮們就在院子內安下屏架將烟火設吊齊備這烟火俱係各處進貢之物雖不甚大却極精緻各色故事俱全夾着各色的花炮黛玉稟氣虛弱不禁劈拍之聲賈母便摟他在懷內薛姨媽便摟湘雲湘雲笑道我不怕寶釵笑道他專愛自己放大炮張還怕這

個呢王夫人便將寶玉摟入懷內鳳姐笑道我們是沒人疼的
尤氏笑道有我呢我摟著你你這會子又撒嬌兒了聽見放炮
張就像吃了蜜蜂兒屎的今兒又輕狂了鳳姐兒笑道等散了
偺們園子裡放去我比小廝們還放的好呢說話之間外面一
色色的放了又放又有許多滿天星九龍入雲平地一聲雷飛
天十響之類的零星小炮張放罷然後又命小戲子打了一回
蓮花落撒得滿臺的錢那些孩子們滿臺的搶錢取樂上湯時
賈母說夜長不覺得有些餓了鳳姐忙回說有預備的鴨子肉
粥賈母道我吃些清淡的罷鳳姐兒忙道也有棗兒熬的粳米
粥預備太太們吃齋的賈母道倒是這個還罷了說著已經撤

去殘席內外另設各種精緻小菜大家隨意吃了些用過漱口
茶方散十七日一早又過寧府行禮伺候掩了祠門收過影像
方回來此日便是薛姨媽家請吃年酒賈母連日覺得身上乏
了坐了半日回來了自十八日以後親友來請或來赴席的賈
母一槩不會有邢夫人王夫人鳳姐三人料理連寶玉只除王
子騰家去了餘者亦皆不去只說是賈母留下解悶當下元宵
已過鳳姐忽然小產了合家驚慌要知端底下回分解

紅樓夢第五十四回終

紅樓夢第五十五回終

辱親女愚妾爭閒氣　欺幼主刁奴蓄險心

且說榮府中剛將年事忙過鳳姐兒因年內年外操勞太過一時不及檢點便小月了不能理事天天兩三個大夫用藥鳳姐兒自恃強壯雖不出門然籌畫計算想起什麽事來就叫平兒去回王夫人任人諫勸他只不聽王夫人便覺失了膀臂一人能有多少精神凡有了大事就自己主張將家中瑣碎之事一應都暫令李紈協理李紈本是個尚德不尚才的未免逞縱了下人王夫人便命探春合同李紈裁處只說過了一月鳳姐將養好了仍交給他誰知鳳姐禀賦氣血不足兼年幼不知保養

平生爭強鬬智心力更虧故雖係小月竟著實虧虛下來一月之後又添了下紅之症他雖不肯說出來衆人看他面目黃瘦便知失於調養王夫人只令他好生服藥調養不令他操心他自己也怕成了大症遺笑于人便想偷空調養恨不得一時復舊如常誰知服藥調養直到三月間纔漸漸的起復過來下紅也漸漸止了此是後話如今且說目今王夫人見他如此探春和李紈暫難謝事園中人多又恐失於照管特請了寶釵來托他各處小心因囑咐他老婆子們不中用得空兒吃酒鬭牌白日裏睡覺夜裏鬭牌我都知道的鳳丫頭在外頭他們還有個怕懼如今他們又該取便了好孩子你還是個妥當人你兄弟

妹妹們又小我又沒工夫你替我辛苦兩天照應照應凡有想不到的事你来告訴我别等老太太問出来我沒話回那些人不好你只管說他們不聽你來回我别弄出大事來纔好寶釵聽說只得答應了時屆季春黛玉又反了咳嗽湘雲又因時氣所感也病卧在蘅蕪苑一天醫藥不斷探春和李紈相住間壁二人近日同事不比往年往來回話人等亦甚不便故二人議定每日早晨皆到園門口南邊的三間小花廳上去會齊辦事吃過早飯於午錯方回這三間廳原係預備省親之時衆執事太監起坐之處故省親已後也用不著了每日只有婆子們上夜如今天已和煖不用十分修理只不過畧略的陳設些便可

他二人起坐這廳上也有一處匾題着補仁諭德四字家下俗語皆只叫議事廳兒如今他二人每日卯正至此午正方散凡一應執事的媳婦等來往回話的絡繹不絕衆人先聽見李紈獨辦各各心中暗喜因爲李紈素日是個厚道多恩無罰的人自然比鳳姐兒好搪塞些便添了一個探春都想着不過是個未出閨閣的年輕小姐且素日也最平和恬淡因此都不在意比鳳姐兒前便懈怠了許多只三四天後幾件事過手漸覺探春精細處不讓鳳姐只不過是言語安靜性情和順而已可巧連日有王公侯伯世襲官員十幾處皆係榮寧非親即世交之家或有陞遷或有黜降或有婚喪紅白等事王夫人賀弔迎送

應酬不暇前邊更無人照管他二人便一日皆在廳上起坐寶釵便一日在上房監察至王夫人回方散每於夜間針線暇時臨寢之先坐了轎帶領園中上夜人等各處巡察一次他三人如此一理更覺比鳳姐兒當權時倒更謹慎了些因而裡外下人都暗中抱怨說剛剛的倒了一個巡海夜叉又添了三個鎮山太歲越發連夜裡偷著吃酒頑的工夫都沒了這日王夫人正是往錦鄉侯府去赴席李紈與探春早已梳洗伺候出門去後回至廳上坐了剛吃茶時只見吳新登的媳婦進來回說趙姨娘的兄弟趙國基昨兒出了事已回過老太太太太說知道了叫回姑娘來說畢便垂手傍侍再不言語彼時來回話者不

少都打聽他二人辦事如何若辦得妥當大家則安個畏懼之心若少有嫌隙不當之處不但不畏服一出二門還說出許多笑話來取笑吳新登的媳婦心中已有主意若是鳳姐前他便早已獻勤說出許多主意又查出許多舊例來任鳳姐揀擇施行如今他藐視李紈老實探春是年輕的姑娘所以只說出這一句話來試他二人有何主見探春便問李紈李紈想了一想便道前日襲人的媽死了聽見說賞銀四十兩這也賞他四十兩罷了吳新登的媳婦聽了忙答應了個是接了對牌就走探春道你且回來吳新登家的只得回來探春道你且別支銀子我且問你那幾年老太太屋裡的幾位老姨奶奶也有家裡的

也有外頭的有兩個分別家裡的若死了人是賞多少外頭的死了人是賞多少你且說兩個我們聽聽一問吳新登家的便都忘了忙陪笑回說道這也不是什麼大事賞多賞少誰還敢爭不成探春笑道這話胡鬧依我說賞一百倒好若不按例別說你們笑話明兒也難見你二奶奶吳新登家的笑道既這麼說我查舊賬去此時卻不記得探春笑道你辦事辦老了的還不記得倒來難我們你素日回你二奶奶也現查去若有這道理鳳姐姐還不算利害也就算是寬厚了還不快找了來我瞧再遲一日不說你們粗心倒像我們沒主意了吳新登家的滿面通紅忙轉身出來眾媳婦們都伸舌頭這裡又回別的事一

時吳家的取了舊賬來探春看時兩個家裡的賞過皆二十四兩兩個外頭的皆賞過四十兩外還有兩個外頭的一個賞過一百兩一個賞過六十兩這兩筆底下皆有原故一個是隔省遷父母之柩外賞六十兩一個是現買葬地外賞二十兩探春便遞給李紈看了探春便說給他二十兩銀子把這賬留下我們細看吳新登家的去了忽見趙姨娘進來李紈探春忙讓坐趙姨娘開口便說道這屋裡的人都踹下我的頭去還罷了姑娘你也想一想該替我出氣纔是一面說一面便眼淚鼻涕哭起來探春忙道姨娘這話說誰我竟不懂誰踹姨娘的頭說出來我替姨娘出氣趙姨娘道姑娘現踹我我告訴誰去探春聽

說忙站起來說道我並不敢李紈也忙站起來勸趙姨娘道你們請坐下聽我說我這屋裡熬油是的熬了這麼大年紀又有你兄弟這會子連襲人都不如了我還有什麼臉連你也沒臉面別說是我呀探春笑道原來爲這個我說我並不敢犯法違禮一面便坐了拿賬番給趙姨娘瞧又念給他聽又說道這是祖宗手裡舊規矩人人都依着偏我改了不成這也不但襲人將來環兒收了屋裡的自然也是和襲人一樣這原不是什麼爭大爭小的事講不到有臉沒臉的話上他是太太的奴才我是按着舊規矩辦說辦的好領祖宗的恩典太太的恩典若說辦的不公那是他糊塗不知福也只好憑他抱怨去太太連房

子賞了人我有什麼有臉的地方兒一文不賞我也沒什麼沒臉的依我說太太不在家姨娘安靜些養神罷何苦只要操心太太滿心疼我因姨娘每每生事幾次寒心我但凡是個男人可以出得去我早走了立出一番事業來那時自有一番道理偏我是女孩兒家一句多話也沒我亂說的太太滿心裡都知道如今因看我重纔叫我管家務還沒有做一件好事姨娘倒先來作踐我倘或太太知道了怕我爲難不叫我管那纔正經沒臉呢連姨娘真也沒臉了一面說一面抽抽搭搭的哭起來趙姨娘沒話答對便說道太太疼你你該越發拉扯拉扯我們你只顧討太太的疼就把我們忘了探春道我怎麼忘了叫我

怎麼拉扯這也問他們各人那一個主子不疼出力得用的人那一個好人用人拉扯呢李紈在傍只管勸說姨娘別生氣也怨不得姑娘他滿心裡要拉扯口裡怎麼說的出来探春忙道這大嫂子也糊塗了我拉扯誰誰家姑娘們拉扯奴才了他們的好歹你們該知道與我什麼相干趙姨娘氣的問道誰叫你拉扯別人去了你不當家我也不來問你你如今現在說一是一說二是二如今你舅舅死了你多給了二三十兩銀子難道太太就不依你分明太太是好太太都是你們尖酸尅薄可惜太太有恩無處使姑娘放心這也使不着你的銀子明日等出了閣我還想你額外照看趙家呢如今没有長翎毛兒就忘了根本只揀高枝兒飛去了探春没聽完氣的臉白氣噎越發嗚嗚咽咽的哭起來因問道誰是我舅舅我舅舅早陞了九省的檢點了那裡又跑出一個舅舅來我倒素昔按禮尊敬怎麼敬出這些親戚來了既這麼說每日環兒出去爲什麼趙國基又站起來又跟他上學爲什麼不拿出舅舅的款來何苦來誰不知道我是姨娘養的必要過兩三個月尋出由頭來徹底來翻騰一陣怕人不知道故意表白表白也不知道是誰給誰没臉幸虧我還明白但凡糊塗不知禮的早急了李紈急得只管勸趙姨娘只管還嘮叨忽聽有人說二奶奶打發平姑娘說話來了趙姨娘聽說方把嘴止住只見平兒走來趙姨娘忙陪笑讓

坐又忙問你奶奶好些我正要瞧去就只沒得空兒李紈見平兒進來因問他來作什麼平兒笑道奶奶說趙姨奶奶的兄弟沒了恐怕奶奶和姑娘不知有舊例若照常例只得二十兩如今請姑娘裁度着再添些也使得探春早已拭去淚痕忙說道又好好的添什麼誰又是二十四個月養的不然也是出兵放馬背着主子逃出命來過的人不成你主子真個倒巧叫我開了例他做好人拿著太太不心疼的錢樂得做人情你告訴他我不敢添減混出主意他添他施恩等他好了出來愛怎麼添怎麼添平兒一來時已明白了對半今聽這話越發會意見探春有怨色便不敢以往日喜樂之時相待只一邊垂手默侍時

值寶釵也從上房中來探春等忙起身讓坐未及開言又有一個媳婦進來回事因探春纔哭了便有三四個小丫鬟捧了臉盆巾帕靶鏡等物來此時探春因盤膝坐在矮板榻上那捧盆丫鬟走至跟前便雙膝跪下高捧臉盆那兩個丫鬟也都在旁屈膝捧着巾帕並靶鏡脂粉之飾平兒見侍書不在這裡便忙上來與探春挽袖卸鐲又接過一條大手巾來將探春面前衣襟掩了探春方伸手向臉盆中盥沐媳婦便回道奶奶姑娘家學裡支環爺和蘭哥兒一年的公費平兒先道你忙什麼你睜着眼看見姑娘洗臉你不出去伺候着倒先說話來二奶奶跟前你也這樣沒眼色來着姑娘雖恩寬我去回了二奶奶只說

你們眼裡都沒姑娘你們都吃了虧可別怨我唬得那個媳婦忙陪笑說我粗心了一面說一面退出去探春一面勻臉一面向平兒冷笑道你遲了一步沒見還有可笑的連吳姐姐這麼個辦老了事的也不查清楚了就來混我們幸虧我們問他他竟有臉說忘了我說他回二奶奶事也忘了再找去我料著你主子未必有耐性兒等他去找平兒笑道他有這麼一次包管腿上的筋早折了兩根姑娘別信他們那是他們瞅着大奶奶是個菩薩姑娘又是腼腆小姐固然是托懶來混說着又向門外說道你們只管撒野等奶奶大安了偺們再說門外的衆媳婦都笑道姑娘你是個最明白的人俗語說一人作罪一人

當我們並不敢欺蔽主子如今主子是嬌客若認真惹惱了死無葬身之地平兒冷笑道你們明白就好了又陪笑向探春道姑娘知道二奶奶本來事多那裡照看得這些保不住不忽略俗語說傍觀者清這幾年姑娘冷眼看着或有該添該減的去處二奶奶沒行到姑娘竟一添減頭一件與太太有益第二件也不枉姑娘待我們奶奶的情義了話未說完寶釵李紈皆笑道好丫頭真怨不得鳳丫頭偏疼他本無可添減之事如今聽你一說倒要找出兩件來斟酌斟酌不辜負你這話探春笑道我一肚子氣正要拿他奶奶出氣去偏他碰了來說了這些話叫我也沒了主意了一面說一面叫進方纔那媳婦來問環

爺和蘭哥家學裡這一年的銀子是做那一項用的那媳婦便回說一年學裡吃點心或者買紙筆每位有八兩銀子的使用探春道凡爺們的使用都是各屋裡月錢之內環哥的是姨娘領二兩寶玉的老太太屋裡襲人領二兩蘭哥兒是大奶奶屋裡領怎麼學裡每人多這八兩原來上學去的是為這八兩銀子從今日起把這一項蠲了平兒回去告訴你奶奶說我的話把這一條務必免了平兒笑道早就該免舊年奶奶原說要免來着因年下忙就忘了那媳婦只得答應着去了就有大觀園中媳婦捧了飯盒子來侍書素雲早已抬過一張小飯桌來平兒也忙著上菜探春笑道你說完了話幹你的去罷在這裡又

忙什麼平兒笑道我原沒事二奶奶打發了我來一則說話二則怕這裡的人不方便叫我幫着妹妹們伏侍奶奶姑娘來了探春因問寶姑娘的怎麼不端來一處吃丫鬟們聽說忙出至簷外命媳婦們去說寶姑娘如今在廳上一處吃叫他們把飯送了這裡來探春聽說便高聲說道你別混支使人那都是辦大事的管家娘子們你們支使他要飯要茶的連個高低都不知道平兒這裡站着叫他叫去平兒忙答應了一聲出來那些媳婦們都悄悄的拉住笑道那裡用姑娘去叫我們已有人叫去了一面說一面用絹子撣臺階的土說姑娘站了半天乏了這太陽地裡歇歇兒罷平兒便坐下又有茶房裡兩個婆子拿

了個坐褥鋪下說石頭冷這是極干凈的姑娘將就坐一坐兒罷平兒點頭笑道多謝一個又捧了一碗精緻新茶出來也悄悄笑說這不是我們常用的茶原是伺候姑娘們的姑娘且潤一潤罷平兒遂欠身接了因指衆媳婦悄悄說道你們太鬧的不像了他是個姑娘家不肯發威動怒這是他尊重你們就藐視欺負他果然招他動了大氣不過說他一個粗糙就完了你們就現吃不了的虧他撒個嬌兒太太也得讓他一二分二奶奶也不敢怎麼你們就這麼大胆子小看他可是雞蛋往石頭上碰衆人都忙道我們何嘗敢大膽了都是趙姨娘鬧的平兒也悄悄的道罷了好奶奶們墻倒衆人推那趙姨娘原有些顛

倒着三不着兩有了事就都賴他你們素日那眼裏沒人心術利害我這幾年難道還不知道二奶奶要是略差一點兒的早叫你們這些奶奶們治倒了饒這麼著得一點空兒還要難他一難好幾次没落了你們的口聲衆人都說他利害你們都怕他惟我知道他心裏也就不算不怕的前兒我們還議論到這裏再不能依頭順尾必有兩場氣生那三姑娘雖是個姑娘你們都横看了他二奶奶在這些大姑子小姑子裏頭也就只单怕他五分兒你們這會子倒不把他放在眼裏了正說着只見秋紋走來衆媳婦忙赶着問好又說姑娘也且歇歇裏頭擺飯呢等撤下棹子來再回話去罷秋紋笑道我比不得你們我那

裡等得說着便直要上廳去平兒忙叫快回來秋紋回頭見了平兒笑道你又在這裡充什麼外圍子的防護一面回身便坐在平兒褥上平兒悄問回什麼秋紋道問一問寶玉的月錢我們的月錢多早晚纔領平兒道這什麼大事你快回去告訴襲人說我的話憑有什麼事今日都別回若回一件管駁一件回一百件管駁一百件秋紋聽了忙問這是爲什麼平兒與衆媳婦等都忙告訴他原故又說正要找幾處利害事與有體面的人來開例作法子鎮壓與衆人作榜樣呢何苦你們先來碰在這釘子上你這一去說了他們若拿你們也作一二件榜樣又得着老太太太太若不拿着你們做一二件人家又說偏一個

向一個仗着老太太太太威勢的就怕不敢惹只拿着軟的做鼻子頭你聽聽罷二奶奶的事他還要駁兩件纔壓得衆人口聲呢秋紋聽了伸了伸舌頭笑道幸而平姐姐在這裡沒得臊一鼻子灰趁早知會他們去說着便起身走了接着寶釵的飯至平兒忙進來伏侍那時趙姨娘已去三人在板床上吃飯寶釵面南探春面西李紈面東衆媳婦皆在廊下靜候裡頭只有他們緊跟常侍的丫鬟伺候別人一槩不敢擅入這些媳婦們都悄悄的議論說大家省事罷別安著沒良心的主意連吳大娘纔都討了沒意思咱們又是什麼有臉的都一邊悄議等飯完回事此時裡面惟聞微嗽之聲不聞碗箸之响一時只見一

個丫頭將簾櫳高揭又有兩個將桌抬出茶房內有三個丫鬟捧着三個沐盆見飯桌已出三人便進去了一回又捧出沐盆並漱盂來方有侍書素雲鶯兒三個人每人用茶盤捧了三蓋碗茶進去一時等他三人出來侍書命小丫頭子好生伺候着我們吃飯來換你們可又別偷坐着去衆媳婦們方慢慢的安分回事不敢如先前輕慢疎忽了探春氣方漸平因向平兒道我有一件大事早要和你奶奶商議如今可巧想起來你吃了飯快來寶姑娘也在這裡偺們四個人商議了再細細的問你奶奶可行可止平兒答應回去鳳姐因問為何去這半日平兒便笑着將方纔的原故細細說與他聽了鳳姐兒笑道好好

好好個三姑娘我說不錯只可惜他命薄沒托生在太太肚裡平兒笑道奶奶也說糊塗話了他就不是太太養的難道誰敢小看他不和別的一樣看待麼鳳姐嘆道你那裡知道雖然正出庶出是一樣但只女孩兒却比不得兒子將來作親時如今有一種輕狂人先要打聽姑娘是正出是庶出多有為庶出不要的殊不知庶出只要人好比正出的強百倍呢將來不知那個沒造化的為挑正庶悞了事呢也不知那個有造化的不挑正庶的得了去說着又向平兒笑道你知道我這幾年生了多少省儉的法子一家子大約也沒個背地裡不恨我的我如今也是騎上老虎了雖然看破些無奈一時也難寬放二則家裡

出去的多進來的少凡有大小事兒仍是照着老祖宗手裡的規矩却一年進的産業又不及先時多省儉了外人又笑話老太太太太也受委屈家下也抱怨尅薄若不趁早兒料理省儉之計再幾年就都賠盡了平兒道可不是這話將來還有三四位姑娘還有兩三個小爺們一位老太太這幾件大事未完呢鳳姐兒笑道我也慮到這裡倒也彀了寳玉和林妹妹他兩個一娶一嫁可以使不着官中錢老太太自有體巳拿出來二姑娘是大老爺那邊的也不筭剩了三四個滿破着每人花上七八千銀子環哥娶親有限花上三千銀子若不彀那裡省一抿子也就彀了老太太的事出來一應都是全了的不過零星雜

項使費些滿破三五千兩如今再儉省些陸續就彀了只怕如今平空再生出一兩件事來可就了不得了偺們且別慮後事你且吃了飯快聽他們商議什麽這正碰了我的機會我正愁沒個膀臂雖有個寳玉他又不是這裡頭的貨總收伏了他也不中用大奶奶是個佛爺也不中用二姑娘更不中用亦且不是這屋裡的人四姑娘小呢蘭小子和環兒更是個燎毛的小凍猫子只等有熱竈火坑讓他鑽去罷真真一個娘肚子裡跑出這樣天懸地隔的兩個人來我想到那裡就不服再者林丫頭和寳姑娘他兩個人倒好偏又都是親戚又不好管偺們家務事況且一個是美人燈兒風吹吹就壞了一個是拿定了主

意不干己事不張口一問搖頭三不知也難十分去問他倒只剩了三姑娘一個心裡嘴裡都也來得又是咱家的正人太太又疼他雖然臉上淡淡的皆因是趙姨娘那老東西鬧的心裡却是和寶玉一樣呢比不得環兒實在令人難疼要依我的性子早攆出去了如今他既有這主意正該和他協同大家做個膀臂我也不孤不獨了按正禮天理良心上論咱們有他這一個人帮着咱們也省些心與太太的事也有益若按私心藏奸上論我也太行毒了也該抽回退步回頭看看再要窮追苦剋人恨極了他們笑裡藏刀咱們兩個纔四個眼睛兩個心一時不防倒弄壞了趂着緊溜之中他出頭一料理衆人就把往日

咱們的恨暫可解了還有一件我雖知你極明白恐怕你心裡挽不過來如今囑咐你他雖是姑娘家心裡却事事明白不過是言語謹慎他又比我知書識字更利害一層了如今俗語說擒賊必先擒王他如今要作法開端一定是先拿我開端倘或他要駁我的事你可別分辯你只越恭敬越說駁的是纔好千萬別想着怕我沒臉和他一强就不好了平兒不等說完便笑道你太把人看糊塗了我纔已經行在先了這會子纔囑咐我鳳姐兒笑道我是恐怕你心裡眼裡只有了我一槩沒有他人之故不得不囑咐既已行在先更比我明白了這不是你又急了滿嘴裡你呀我的起來了平兒道偏說你你不依這不是嘴

把子再打一頓難道這臉上還沒嘗過的不成鳳姐兒笑道你這小蹄子兒要掂多少過兒纔罷你看我病的這個樣兒還來慪我呢過來坐下橫竪沒人來偺們一處吃飯是正經說着豐兒等三四個小丫頭子進來放小炕桌鳳姐只吃燕窩粥兩碟子精緻小菜每日分例菜已暫減去豐兒便將平兒的四樣分例菜端至桌上與平兒盛了飯來平兒屈一膝於炕沿之上半身猶立於炕下陪着鳳姐兒吃了飯伏侍漱口畢吩咐了豐兒些話方往探春處來只見院中寂靜人已散出要知後事何如且聽下回分解

紅樓夢第五十五回終

紅樓夢第五十五回終

且聽下回分解

紅樓夢卷 第五十六回

十五